LE LIVRE DES MESTIERS

DIALOGUES FRANÇAIS-FLAMANDS

composés au XIVᵉ siècle

par un maître d'école

de la ville de

BRUGES

Publié par

H. MICHELANT

Conservateur adjoint à la Bibliothèque Nationale,

Membre du Comité des Travaux historiques, etc.

PARIS

5, RUE NEUVE-DES-PETITS-CHAMPS, 5

1875

Parmi les nombreuſes productions de la preſſe, il en est qui, sans prétention, comme sans valeur littéraire, ne se recommandent que par leur utilité momentanée. Tels sont les Manuels ou Guides de la conversation dont le but est de nous apprendre les langues étrangères par des moyens pratiques plus simples et moins longs que les méthodes grammaticales adoptées pour l'enseignement claſſique du grec et du latin. C'est là l'unique intérêt qu'offrent ces livres qui ne nous sortent pas de notre milieu habituel ni du cercle de nos occupations journalières. Il en serait autrement s'ils s'appliquaient à des époques plus éloignées, car non seulement ils nous fourniraient sur les mœurs et les usages des temps anciens, des indications que nous ne trouvons pas dans les œuvres plus relevées de l'esprit, mais ils auraient encore l'avantage de nous faire connaître les méthodes employées autrefois pour enseigner les idiomes étrangers, et ils nous mettraient à même de constater les progrès que nous avons faits dans ce genre d'études. Il y a là en effet une lacune; et jusqu' à présent on ne l'avait même pas soupçonnée. Au moyen age cependant la connaiſſance des langues était indispensable à certaines claſſes de la société, notamment aux marchands obligés de fréquenter les grandes foires européennes ou d'aller s'approvisionner sur quelques uns de ces vastes marchés qui servaient d'entrepôt général au commerce: il est donc probable que pour acquérir cette instruction spéciale, ils recouraient à des moyens propres à leur apprendre en peu de temps ce qu'il leur importait de savoir. Un coup d'œil, superficiel peut-être n'avait rien discerné sur ce sujet dans les siècles antérieurs: et ce n'est guères que sur la fin du XVIIIe siècle quon'avait vu les grammairiens en renom, tels que Gottsched, Meidinger, Sobrino etc, publier des dialogues en deux langues, qu'ils ajoutaient quelquefois à leurs grammaires comme exercices ou comme application des règles qu'ils avaient posées auparavant. Mais depuis lors des études plus consciencieuses dans le domaine de l'histoire, des recherches approfondies sur l'origine des langues modernes et leur plus anciens monuments ont fait découvrir et plus justement apprécier des documents que l'on avait considérés comme inutiles ou peu importants. C'est en Angleterre que les investigations ont donné les premiers résultats. En 1857 M. Thomas Wright sous le titre de *A Volume of Vocabularies* réunisfait aux petits traités de Neckam et de Garlande plufieurs glosfaires anglo-saxons, auxquels il joignait un opuscule compofé au commencement du XIVe siècle par Gauthier de Biblesworth pour enseigner le français à une grande dame nommée Dionyse de Monchensy, et plus récemment M. P. Meyer dans les n^{os} complémentaires de la Revue Critique de 1870, a publié avec un commentaire et des notes qui en rehausfent l'intérêt, des dialogues fort curieux écrits vers 1396 pour apprendre aux Anglais à parler et à écrire correctement le français.

Sur le continent des faits analogues s'étaient produits dans un petit pays ou s'était concentré le commerce d'une partie de l'Europe. Les Flandres, au moyen age, étaient renommées pour leurs nombreufes fabriques, leur activité industrielle, et la ville de Bruges, devenue par son trafic la Venise du Nord, attirait dans ses murs les principaux négociants des contrées voisines. Quand sa splendeur s'éclipfa, Anvers lui succèda, et pendant plus de deux siècles l'ufage du Flamand et du Français fut à peu près indispenfable aux étrangers que leurs intérêts y attiraient et aux habitants qui leur servaient d'interprètes et d'intermédiaires. Il n'est donc pas étonnant qu'une langue dont le domaine était pourtant si restreint, ait été cultivée à cette époque et qu'elle ait laissé des traces de son importance éphémère; nous en trouvons la preuve dans trois petits recueils qui, sous forme de dialogues, étaient desftinés à l'enfeignement des deux langues.

Le premier en date, sinon le plus considérable, est celui que nous publions; mais après l'avoir signalé comme point de départ, nous allons examiner les deux autres qui ne sont guères plus connus. Le second semble n'avoir été qu'une abrègé du premier en raifon des points de resfemblance assez nombreux qui leur sont communs. Il a été publié en 1854 dans les Horae belgicæ (P. IX.) par Hofmann von Fallersleben à qui l'avait communiqué M. Groote de Cologne. Le manuscrit original, d'après leur description, est un petit in 4°. de 21 feuilles à deux colonnes de 29 lignes contenant les deux textes en regard. Le français, appelé *roman* et traduit par *welsch* a paru aux éditeurs appartenir à un dialecte rapproché du wallon. On y rencontre un certain nombre de formes picardes, mais d'autres telles que *waidze* pour gage, *langaidze* language, semblent indiquer plus particulièrement la contrée de l'Artois située entre Lille et St. Omer. Le flamand, nommé plus souvent *aleman* se traduit indistinctement par *dutche*. Hofman von Fallersleben, juge compétent en cette matière, suppose que le texte primitif écrit en pur flamand a été altéré par un copiste d'origine germanique, qui a conftamment introduit dans certains cas des idiotismes propres au bas-allemand. L'écriture est du XIVe siècle, date de la compofition, que certaines allufions aux guerres d'Angleterre sous Edouard III et aux revers de la France permettent de précifer d'avantage, en lui asfignant pour limites une période qui s'étendrait depuis le traité de Brétigny en 1360 jusqu'à la mort du prince anglais en 1377. Ecrit pour l'enfeignement des deux langues, ce petit traité n'était pas destiné à être mis entre les mains des enfants; on en trouve la preuve dans les propos un peu trop naïfs d'une servante au chapitre: *des Cofes de la Maifon*; d'ailleurs, dans son préambule, l'auteur nous donne à entendre qu'il s'agisfait simplement d'une affaire de commerce. ,,Il y a, nous dit-il, des gens asfotés aux livres romans ou flamands qu'on appelle *Benoites* (début des livres de piété et d'enfeignement vulgaire qui commençaient par ces mots: Benoite soit la Ste Trinité etc.); sachez qu'on peut les faire tous commencer au gré des gens; ce n'est pas là que git leur valeur, mais dans la concordance exacte des termes traduits dans les deux langues; que celui donc qui n'est pas en état de les juger, laisfe un gage (au libraire sans doute) et aille confulter les perfonnes compétentes." Après ce petit exorde il entre en matière et dans les chapitres dont nous donnons le titre, il traite succesfivement: des salutations, de la manière des laines, de bargaigner les dras, des chars (viandes), du pisfon, de fruit, des grans seigneurs, les noms des dames, les noms de gens de meftier, li prologe del nombre, li compte, des cofes en la maifon, des vins, les moys et les jours; et il termine par cette dernière nomenclature son œuvre qui comprend 1205 lignes.

Le plus récent de nos manuels, le troisième en date a été imprimé deux fois. La première édition est indiquée ainsi dans Brunet: ,,Vocabulaire pour apprendre à bien lire, escripre et parler françoys et flameng par Noël de Berlemont, maistre d'escole à Anvers. Anvers, Guillaume Vorftermann, 1511." La seconde porte un double titre flamand et français ainsi conçu: ,,Noel van Berlaimont, Scoolmeester t'Antwerpen Vocabulare — Vocabulaire de nouveau ordonné et de rechief recorrigé pour apprendre legièrement à bien lire, escripre et parler françoys et flameng, lequel eft mis tout la plus part par perfonnaiges." Elle est datée d'Anvers MDXXXVI. La table suivante placée au commencement du livre en fait connaître le contenu.

,,Ce préfent livre est party en deux parties: la première partie est en quatre chapitres desquelz les trois sont mis par perfonnages comme collocutions.

¶ le premier chapitre est ung convivre à dix perſonnages et contient beaucop de communes raiſons de quoy on uſe communement à table.

¶ le deuxième chapitre est de vendre et acheter.

¶ le troixième chapitre est pour demander ses debtes et apprendre à compter en deux langaiges.

¶ le quatrième chapitre est pour apprendre a faire des lettres misſives, obligations, quitances et bail de louage.

¶ la deuxième partie contient beaucop de simples mots de quoy on uſe journelement mis par l'ordre de ABCD.

¶ Item en la fin est l'art de parfaitement lire et parler françoys.

¶ Item le Paternoster, Ave Maria, les deux Credo et les dix commandemens."

Comme on voit, la première partie plus spécialement pratique comprend sous forme de dialogues, les indications néceſſaires aux commerçants : la deuxième, plus didactique, renferme un Vocabulaire et à la suite, des règles de grammaire et de prononciation d'autant plus curieuſes qu'on rencontre rarement des obſervations de ce genre. Ce précieux volume acquis par M. Edwin Tross, en Allemagne et cédé depuis à Mr. Serrure de Gand, nous avait été communiqué avec la plus grande obligeance, pendant le court séjour qu'il a fait à Paris. C'est ainſi que nous avons pu en prendre une description sommaire, dans l'espoir de compléter plus tard ces renſeignements imparfaits qui néanmoins donnent une idée approximative de l'ouvrage: ausſi l'avons-nous cherché avec empresſement dans le catalogue de vente du fameux bibliophile belge. Non seulement il n'y figure pas, mais, à notre grand regret, le libraire chargé de la rédaction, a cherché vainement en quelles mains il avait pu pasſer, et nous avons à regretter la disparition de ce rare opuscule, jusqu'à ce qu'un hazard favorable le ramène au jour. Ce qui ajoutait à sa valeur, c'était la note suivante écrite sur un des feuillets de garde : „1537. In Antorff a dy 6 April fueng ich Cristoff Fugger an franzöſiſch zu lernen von maister Claude Luythart." En effet les Fugger, connus dans les Pays-bas sous le nom de Foucre, parmi les nombreux comptoirs qu'ils posſédaient dans les principales villes d'Europe avaient fondé un établisſement important à Anvers, (Antorff en allemand) qui par Lisbonne était devenu l'entrepôt général du trafic avec l'Amérique.

Après ces détails qui nous ont paru utiles pour faire connaître des ouvrages rares et curieux nous allons examiner rapidement le texte que nous publions, le plus ancien des trois à notre avis. Le manuscrit (n°. 16 F. Neerl.) est un in 4°. sur vélin de 24 feuillets de 18 cent. sur 28 à deux colonnes dont, l'impresſion reproduit exactement la physionomie. L'écriture semble appartenir à la première moitié du XIVᵉ siècle et l'on pourrait préciser encore d'avantage la date de la rédaction au moyen des faits qu'elle relate accidentellement. En adoptant les conclusions asſez justes, selon nous, de Mr. Hofman von Fallersleben, nous voyons la France designée comme „le Souverain royaume de la chrétienté" et l'Angletere n'occupe que le second rang, ce qui nous ramène à une époque antérieure aux succès d'Edouard III, la trève conclue entre les Ecoſſais et les Anglais est de 1340; la mention du dauphin de Viennois comme prince régnant est une indication non moins poſitive encore, puisque Humbert II fit donation de ses états à la France par un traité préliminaire de 1343, ratifié le 29 Mars 1349; l'érection en duché du comté de Gueldres en 1339 et d'autres indices qu'on pourrait tirer de la miſe en circulation des diverſes monnaies en uſage à cette époque confirment la date approximative que nous asſignons à ces dialogues. La profeſſion de l'auteur n'est pas moins facile à déterminer. Les exhortations qu'il adresſe aux enfants, comme *maître*, en les engageant à bien apprendre et retenir son livre, en raiſon du profit qu'ils peuvent en retirer, ne laisſent pas plus de doute à ce sujet que sur le lieu qu'il habitait. Le nom de Bruges y est écrit en maints pasſages. Ce sont les ponts les plus importants, les principales rues, les portes de Bruges avec les mêmes noms qu'aujourd'hui, reconnaisſables pour la plupart dans les petites cartes des guides de voyage et qui se révèlent au premier aspect sur le beau plan de Marc Girard de 1562. Bruges, bien déchue déjà, occupait encore à cette date une place distinguée parmi les cités commerçantes; on y comptait deux Bourses, les marchés des Osterlings, des Ecosſais, des Espagnols, des Biscayens, des Français, des Anglais, la loge Florentine et la loge Génoiſe, pour le change: qu'était-ce donc à l'époque de sa splendeur? Cette affluence d'étrangers justifie bien d'ailleurs l'utilité d'un recueil de dialogues en français et en flamand. Ce dernier, malgré quelques incorrections, provenant sans doute du copiste, ne s'écarte pas de la bonne langue de l'époque: quant au français, c'est du pur picard, et les nombreux textes littéraires écrits dans ce dialecte attestent combien il était répandu alors. L'ordre des matières ne diffère pas esſentiellement de celui adopté dans le second recueil. L'auteur parle succesſivement des salutations, des degrés de parenté, des objets qui meublent une maiſon, et prenant alors la forme de dialogue avec une servante, il énumère tout ce qui peut entrer dans l'alimentation comme viandes, poisſons, volailles, fruits, légumes, pâtisſerie, puis le barguignage des draps et des laines, objet principal du commerce de Bruges, les fournitures les plus uſuelles en tout genre, la liste des princes souverains et des divers pays de l'Europe, et l'énumération des métiers qui s'exerçaient à Bruges. Cette nomenclature qui occupe la moitié de l'ouvrage préſente les détails les plus curieux sur l'industrie et le commerce de détail et on pourait en quelque sorte la regarder comme un abrégé du livre d'Etienne Boileau:

aulſi l'auteur l'a trouvée aſſez importante pour la donner comme titre à son travail au risque d'en faire méconnaître le contenu et la destination. Enfin pour allonger une matière qu'il regarde comme inépuiſable, il indique les pèlerinages les plus célèbres, et après *quelques menus suffraiges,* suivant l'expreſſion du temps, il termine par une nouvelle exhortation au travail et à l'étude, afin d'acquérir la science qui seule donne honneur et conſidération.

Arrivé à la fin de notre tâche, nous croyons devoir aller au devant d'un reproche que la critique ne manquera pas de nous faire ; elle nous objectera que notre publication devrait être accompagnée de notes et d'explications nombreuſes. La remarque ne manque pas de justeſſe, mais nous nous contenterons de répondre, que ce travail qui aurait augmenté considérablement les frais d'impression n'entrait pas dans les intentions de l'éditeur : il a voulu mettre au jour un document curieux, analogue à ceux qui l'ont précédé et nous devons lui en savoir gré, sans exiger davantage. Nous ne relèverons pas non plus quelque légères fautes d'impreſſion qui proviennent de l'éloignement et des retards apportés à une publication entreprise avant la guerre le lecteur les corrigera facilement, sans qu'il soit néceſſaire de les lui signaler.

[illegible]
[illegible]
[illegible]
[illegible]
commenchier
[illegible]
livre.

Par lequel on porra
Raisonnablement entendre
Rommans et flamenc,
D'autant comme ychils escris
Porra contenir et estendre;
Car il ne peut comprendre
Tout chou qu'on puet dire
Et parler de bouche;
Mais che que on ne trouvera
Declairiet en cheſtui.
Porra-on trouver ailleurs
En autres livres et livrets.
Or ſachies que il affiert
Qu'il y ait de tout partye.
Quant vous ales par les rues
Et vous encontres acunui.
Qui vous conniſſies
Ou qui ſoit de vo conniſſanche.
Soiies iſniaus et apparellies
De luy premiers ſaluer.
S'il eſt homs de valuer.
Si oſtes vo capron,
Et pour dames et damoiselles;
Et s'il oſtent le leur,
Si le remetes de voſtre main
Et en tele maniere
Le poes vous ſaluer:
—.. Sire, Dieux vous gard."
C'eſt le plus brief
Que on puet ſaluer
Les gens en ſaluant,

In den name des
vaders [illegible]
ende des helichs
gheeſts... [illegible]
beghinnen ende
[illegible] een
boec

In den welken men ſal moghen
Redelijken verſtaen
Walſch ende vlaemſch/
Van alſo vele alſ dit gheſcrifte
Sal moghen inhouden ende ſtrecken;
Want hine mach niet begripen
Al dat men mach ſegghen
Ende ſpreken met monde;
Maer dat men niet ſal vinden
Verclaert in deſen/
Sal men moghen vinden eldre
In andren bouken ende boucſkine.
Nu weet dat het behoort
Datter in ſi van al een deel.
Alſ ghi gaet achter ſtraten
Ende ghi ghemoet yemene/
Dien ghi kennet
Of die ſij van uwer kenneſſen/
Weeſt ſnel ende ghereet
Hem eerſt te groetene.
Eſ hi man van weerdicheden/
So doet of uwen caproen/
Ende omme vrouwen ende ionckvrou..
Ende doen ſi of den haren/ (wen
So doetene weder op met uwer hant
Ende in deſer manieren
Moegh dine groeten:
—„Heere/ God beware v."
Het eſ tcortſte
Dat men mach groeten
Die lieden groetende.

A

Et en ha en usage
Que on respond:
„Sire, boin jour vous doinst Dieus.
„Dame, boin jour ou boine nuit
   vous soit donnée.
„Que faites vous?"
Ou: „Comment vous est-il?"
„Il m'est bien que bien aiies.
„Ou aves esté si longhement?
„Je ne vous vi piecha."
—J'ai esté hors dou paiis."
—Et en quel paiis
„Aves-vous esté?"
—„Sire, che feroit trop à raconter;
„Mais s'il vous plaisoit
,Cose que je peuisse faire,
„Je feroie chelui
,Qui volentiers le feroit.
—Biaus sire, grans merchis
„De vos courtoises paroles
„Et de vo boine volenté;
„Et Dieus le vous mire,
„Et Diex le me laist deservir,
„Et fachies chertainement
„Que vous n'estes
„Point engingniés,
„Car autel feroie jou
„Pour vous et pour les vostres.
„A Dieu vous command,
„Car je preng congiet à vous."
On doit dont respondre:
„Nostre sire vous conduise.
„A Dieu soiies commandés.
„Nostre sire soit warde de vous.
„Dieux vous ait en sa garde.
„A Dieu voisies-vous.
„Salues-moi la dame
„Ou la demoiselle
„De vostre maison
„Ou de vostre hostel,
„Vostre mari
„Vo femme et vos enfans

Ende men heeft in usagen
Dat men andwoord:
„Heere/ goeden dach gheve u God.
„Vrouwe/ goeden dach of goede nacht
   si u ghegheven.
„Wat doet ghi?"
Of: „Hoe eist met u?
„Mi es wel dat ghi wel hebben moet.
„Waer hebdi gheweest so langhe?
„Ic ne sach u bin langhen."
—Ic hebbe gheweest uten lande."
—In wat lande
„Hebdi gheweest?"
—Heere/ het ware te vele te vertelne;
„Maer ghelieft u
„Dinc die ic mochte doen/
„Ic soude wesen de gone
   Diet gherne soude doen.
—Scone heere/ groten danc
„Van uwen hoofschen spraken
„Ende van uwen goeden wille/
„Ende God loond u/
„Ende God laets mi verdienen.
„Ende weet sekerlike
„Dat ghi ne zijt
„Niet bedroghen/
„Want also soud ic doen
„Om u ende om de uwe.
„Te Gode bevel ic u/
„Want ic neme orlof an u."
Men es dan sculdich te andwoordene:
„Onse heere moet u dan gheleeden.
„Gode moeti sijn bevolen.
„Onse heere moete sijn uwe hoede.
„God moet u hebben in sijn hoede.
„Te Gode moet ghi gaen.
„Groet mi de vrouwe
„Of de ioncfrouwe
„Van uwen huus
„Of van uwer herberghen/
„Uwen man
„Uwe wijf ende uwe kindren/

„ Vos fieus et vos fielles	„ Uwe fonen ende uwe dochtren
„ Et toute vo mainfnie.	„ Ende al uwe maifnieden.
„ Si me recommandes	„ Ende ghebiet mi
„ A mon fingneur,	„ An minen heere /
„ A mon damoifel,	„ An minen ionchere /
„ A vo pere et à vo mere,	„ An uwen vader ende an uwer moe=
„ A vo tayon	„ Te uwen fcoenheere (der /
„ Et à vo taye;	„ Ende te uwer fconer brouwen /
„ A voftre oncle et à voftre ante,	„ Te uwen oem ende te uwer moyen /
„ A vos coufins et coufines,	„ Te uwen neven ende nichten /
„ A vos coufins germains	„ Te uwen rechtfweers
„ Et à vo coufine germaine,	„ Ende te uwer rechtfweerien /
„ A vos neveus	„ Te uwen neven
„ Et a vos nieches.	„ Ende te uwen nichten.
„ Che font li enfant	„ Dat fiin de kindzen
„ De vos freres	„ Van uwen broeders
„ Et de vos feurs,	„ Ende van uwen fuftren /
„ Et che ne oubliies mie."	„ Ende dit ne verghect niet."
Ore m'eftuet parler	Nu moet ic fpzeken
Des cofes neceffaires	Van den dinghen noodzakelic
Que on ufe aval une maifon,	Die men bezeght achter hufe /
Et dont on ne puet feuver.	Ende daer men niet of omberen mach.
De le maifon premiers dirai	Van den huus fal ic eerft fegghen
En aventure, fe befoins eft,	In aventuren / ofs nood es /
Et afin que li enfant	Ende te dien dat de kindren
Le puiffent aprendre et bien retenir.	Moghen leeren ende wel onthouden.
La maifon bien ordené	T'huus wel gheordineert
Doit eftre bien feneftré	Es fculdich te fine wel ghebeinftert
De plufeurs feneftres,	Van menegherande veinftren /
Par coi il y ait grant clarté.	Waer bi datter fi grote claerheit.
Il y afiert des cambres,	Daer behoren cameren /
De folliers, des greniers	Sollers ende graenres /
Et boin degrés pour monter	Ende goede fteghers omme te clemmene
Es loges de ledite maifon;	In de logen van den vorfeiden huus;
Et il y faut goutieres,	Ende daer ghebzeken gotieren /
Dalés ou defous	Neffens of onder
Les feverondes;	De ozien.
Et qui veut vin maintenir,	Ende de wille wijn antieren /
Il y falent des cheliers	Daer ghebreken kelnaers
Et baffe cambres et privées,	Stillen ende heimelicheiden /
Eftables et cuifine et defpense.	Stallen / cuckene ende fpinden.
Ore faut-il des lits;	Nu ghebzekenre bedden:

Lits de plume pour les riches
Sus dormir et repofer,
Lits de bourre pour povres;
Sargis et tapis et couvertoirs
Et kieute pointes auffi
Pour les lits couvrir,
Lincheus et orilleirs.
Encore faut-il bankiers
Et couffins et cuevrekiefs,
Coiffes pour vo femme
Et cuevrekiefs de nuit.
Defous vo lit vous faut
Un calit et dalés le lit
Une cayere et pluifeurs
Bancs et fielles.
Encore vous falent en vo maifon
Lezons, buffes, aumaires
Tables, efcrins et heftaus,
Pots de cuevre et caudrons,
Chaudires et payelles,
Bafins, lavoirs et efcumoirs,
Pots de terre et tierrins,
Canes ou buires
Pour aler pour yauwe;
Couvercles d'arrain.
De cuevre, de fer ou de terre;
Toutes ches cofes vous falent
En vo maifon.
Et fi vous faut encore
Vaiffiaus d'eftain,
Pots d'eftain et canes
D'eftain de ij. lots,
Lots d'eftain et demi lots.
Pintes et demi-pintes.
Le pinte nomme-on
En aucun lieu chopine.
Et le lot une quarte.
Che font les mefures
Que je fay nommer;
Mais on les nomme
Diverfement en divers
Paiis; mais bouteilles.

Bedden van plumen om de rike
Ut te flapene ende te ruftene /
Bedden van vlocken omme de arme;
Saerofen ende tapiten / covertoren
Ende calcten oec /
Om de bedden te deckene /
Liinlakene ende oercuffene.
Noch ghebrekenre bancleedere
Ende cuffene ende hoofcleedere /
Huven om u wijf
End nachts hooftcleedzen.
Onder u bedde ghebzeect
Eene coetfe ende neffeas dbedde
Eenen fetel ende menichen
Banc ende fcoctelen.
Noch ghebzeken u in u huus
Lifen / buffetten / fcaperaden /
Taften / frinen ende fcraghen /
Macueline potten ende ketelen /
ketelen ende pannen /
Beckine / lavoers ende vifchpane /
Eerdine potten ende teften /
kannen of bornckannen
Omme te gane omme watre /
Eerine deckfele /
Coperin / pferin of eerdin;
Alle defe dinghen ghebzeken u
In u huus /
Ende voe ghebzecct u noch
Tenine vafcmenten /
Tenine potten ende cannen /
Tenin van ij. ftoepen /
Tenin ftoepen ende vierendeelen /
Pinten ende halfpinten.
De pinte heet men
In eenighe ftede coppine /
Ende eenen ftoop een quarte.
Dit fijn de maten
Die ic kan nomen;
Mer men noomfe
Diveerfeliken in diveerfen
Landen / maer boutaillen

D'estain, de bos et de quir
Trueve-on de toutes mesures.
Et assi les nomme-on flaskes.
Encore faut-il avoir
Plas d'estain et platiaus,
Escuelles et sausserons,
Salieres et tailloirs
Et candeleirs de cuevre.
Ore faut-il avoir
Louches de bos et potlouches
Et un escuellier pour mettre
Louches et escuelles de bos;
Mais les louches d'argent
Met-on en plusieurs lieux.
Et sur on aistre appartient
Un boin fu de laingne,
De tourbes ou de carbon.
Et deus kemineaus,
Une estenaille, un gril,
Un cravet à char, un soufflet.
Deus coutiaus vous falent
Pour tallier vo viande,
Un coutiel minchoir
Pour mincher vo porée.
Ore vous falent
Hanaps d'argent,
D'or et de madere.
Escales et coupes.
Hanaps fourorés,
Hanaps à piet et godes,
Ches coses mettes en sauf
En vo huge ou en vo escrin;
Et vous autres joyaus
Mettes en vo forgier,
Que on ne les emble.
Encore vous falent
Napes et touailles
Et doubliers et escorcheuls.
Et pour faire vos saujes
Vous faut un mortier.
Un pestel et une pilette
Pour piler vos pois.

Tenin / houtin of lederin
Vind men van allen maten /
Ende ooc noomt men se flasschen.
Noch moet men hebben
Tenine telioren ende plateelen /
Scotelen ende saussieren /
Soutvaten ende taillioren
Ende candelaeren van copre.
Nu moet men hebben
Houten lepelen ende potlepelen
Ende een scotelvat omme in te doene
Lepelen ende scotelen van houte:
Maer die silverine lepelen
Leit men in vele sekerre steden.
Ende op eenen heerd behoert
Een goet vier van houte /
Van tuerven of van colen /
Ende twee keminellen /
Eene tanghe / eenen roster /
Eenen crauwel / eenen blaesbalch.
Twee messen ghebreect u
Omme te snidene uwe spise /
Een scerfmes
Omme te scerevene u wermoes.
Nu ghebreken u
Silverine nappen /
Goudin ende maserin /
Scalen ende coppen /
Nappen vergoud /
Nappen med voeten ende croesen
Dese dinghen besteedt
In uwe kiste of in uwe scrine
Ende uwe andre juweelen
Legt in u forcier /
Dat men se niet ne steelt.
Noch ghebreken u
Scolakene ende dwalen
Scotelcleedren ende scortcleedren.
Ende omme te makene uwe saussen
Ghebreect u eenen mortier /
Eenen mortierstoc ende eenen breker /
Omme te brekene uwe erweten.

Une eſcamine.
Et ſi deves pendre vos dras
A une perche; cheſt à ſavoir
Mantiaus, ſurcots et cotes,
Houches, clokes et porpoints,
Vos cotes ſourrées
Et vos draps d'iver et d'eſté.
Vos kemiſes mettes
Sous le cavecheul du lit,
Vos braies deſſous le lit
A tout le braieul;
Et au mattin, quant vorres lever,
Premiers vieſtes vo chemiſe
Cauchies vo braies,
Viestes vo blanket
Ou vo fuſtaine;
Affubles vo caproen,
Cauches vo cauches,
Cauchies vo ſoleirs,
Puis veſtes vos autres robes
Et chaindes vo coroie;
Et puis laves vos mains,
Vos dois, vos ongles,
Vo viſage, vo front,
Vos fourchieus, vos yeus.
Vos pauppieres, vo nes,
Vos jouwes, vos bajouwes,
Vos narines, vo menton,
Vos levres, vo dents,
Vos guenchives, vo langhe,
Vo col, vo gargate, vo gorge,
Vos eſpaules, vos bras,
Et vos keuſtes, vos paumes,
Vo potrime, vo bouchine,
Vo ventre, vo rains,
Vos coſtes, vos casteis, vos
Flans, vos feſſes
Vo dos, vos cuiſſes,
Vos genous, vos gambes,
Vos kevilles, vos piés,
Vos ortaus, vo plantes du piet
Vos aisne et vo aiſſilles.

Eene ſtamine.   cleedᵉe
Ende ghi ſijt ſculdich te hanghene u
An eene peertſe: dats te wetene
Mantelen / ſurcoten ende rocs /
Blieghers / clocken ende porpointen /
Uwe ghevoederde frocken
Ende uwe cleedre van winter ende van
Uwe hemden legt   (zomer.
Onder thooſthende van den bedde /
Uwe broeken onder dbedde
Metten broucgordele:
Ende ſnuchtens als ghi wilt upſtaen /
Eerſt cleet u hemde /
Doet an uwe broue /
Cleet uwen witten roc
Of u fuſtaen;
Capt u caproen /
Scoyt uwe couſen /
Scoyet uwe ſcoen /
Daernaer cleed uwe andren cleedren
Ende gord u rieme:
Ende daernaer waſt uwe hande /
Uwe vingheren / uwe naghelen /
U aenſicht / u vorhooft /
Uwe wijnbrawen / uwe oghen /
Uwe oghebrawen / uwe neſe /
Uwe caken / uwe kinnebacken /
Uwe neſegaten / uwen kin /
Uwe lippen / uwe tanden /
U tantvleeſch / u tonghe /
Uwen hals / u ſtortilloen / uwe ſtorte /
Uwe ſcoudren / uwe arme /
Ende uwe ellenboghe / uwe palmen /
Uwe borſt / uwe navele /
Uwen buuc / uwe lendenen /
Uwe rebben / uwe ziden / uwe
Lanken / uwe billen /
Uwen ric / uwe dyen /
Uwe knien / uwe beene /
Uwe anclieven / uwe voeten /
Uwe teen / uwe planten van den voet /
Uwe lieſche ende uwe oeſele.

Or nomerai les membres
Par ledens le corps:
Le cuer et le fie,
Le poumon et le rate.
L'amer tient au foye,
L'eftomac et les boyauls.
Les nierfs et les vaines,
Les os et les moules des os,
Les roingnons, le fanc,
Le char et le cuir;
Le poil des homme
Ou les caviaus,
Le barbe de l'homme,
Le treches d'une dame.
Et pour lui bien parer,
Li faut un miroir,
Un pine et une broke
Pour faire une greve,
Un huvet de foye
Et un warcolet.

Il nous convient parler
De pluiseurs autres cofes.
— Margot, preng de l'argent,
„ Si t'en va en le boucherie;
„ Si nous acate de le char.
— Sire, quelle char voles
„ Que je vous acateche?
„ Voles-vous char de porc
„ Fresque, à le verde fauffe
„ Ou au chivei?
„ Char de buef falée
„ Sera boine à le mouftaerde
„ Et le fresque as blans aus.
„ Et fe mieus ameis
„ Char de mouton ou d'aingniel,
„ Char de geniche ou de vel,
„ Soit en roft ou au brouet,
„ Je l'acaterai volentiers.
— Nenil, Margot, mais acate
„ Char de bakon et de chievre.
„ Si nous bargaingne du venifon

Nu fal ic nomen die leden
Van binnen den lichame:
Therte ende die levere /
Die longhene / ende de milte /
De galle hout an de levere /
De maghen / ende de darmen /
De zenuen ende de adren /
De beenren / ende tmergh van den
De nieren / d'bloed /   (beenren /
T'vleesch ende t'vel;
T'haer van den man
Of t'haer /
De bart van den man /
De vlechten van eenre vrouwen.
Ende omme hare wel te pareerne /
Ghebzeect hare eenen spieghel /
Eenen cam ende eenen pzien
Omme te makene eene sceedele /
Een zidine huve
Ende een hoofcleed.

Wi moeten spzeken
Van menighen andzen dinghen.
— Grielkin / nem ghelt /
„ Ende gaue int vleeschhus:
„ Co coop ons vleesch.
— Heer / wat vleesche wildi
„ Dat ic u cope?
„ Wildi swinin vleesch
„ Verssche / metten groenre saufen
„ Of metten seuepe?
„ Coyen vleesch ghefouten
„ Wert goet metten moftaerde /
„ Ende t'versche metten witten lohe.
„ Ende hebdi liever
„ Wederin vleesch of lammerin /
„ Verfin vleesch of calverin /
„ Siit in roofte of in sueure /
„ Ic falt gheerne copen.
— Neen / Griellin / maer coop
„ Bakin vleesch ende gheetin.
„ Ding ons venifon /

„Qui foit de porc fengler,
„De cherf ou de biffe;
„Si l'atourne au noir poivre.
„Quant tu l'auras acaté,
„Va en le poulleillerie.
„Si acate deus poulles,
„Une poulle et deus pouchins.
„Mais nul capoen
„Ne nul coc n'aporte,
„Ne plouviers
„Ne widecoocs ne loufingnols.
„Moiffons ne mafenghes.
„Auwes ne anettes,
„Colons ne pinjons,
„Ne tourtereulles,
„Limoges ne piertris.
„Aloue, paons ne hairons.
„Chuifnes et chifnes,
„Coulons manfars ne merles.
„Marlars ne butors.
„Grues ne viefes gelines;
„Car je fui malades.
„Celle char me greveroit;
„Je ne les porroie digerer.
„Si n'acate lievre ne conin.
— Sire, vous m'en aves
„Plus nommet
„Que je ne cuide acater.
„Vous eftes fi tendre,
„Vous porries maifement
„Mangier char de cheval,
„De tor ne de vaque,
„De poutrain ne de jument,
„De lyon ne de lupaerd."
Encore y ha autres beftes
Dont on n'a cure de mengier:
Leus, renars ne fichau.
Olifans ne cas,
Singnes, afnes ne kiens,
Mais ours mengiie on bien;
Auffi fait-on kievres.
Je croit que on mengiie point

„Dat fi van everfwine /
„Van herte of van hijnde;
„Ende bereedt metten brunen pepere.
„Alftuut hebft ghecocht.
„Gane in de hoenremaerct /
„Zo coopt ij. hoenren /
„J. poelge ende ij. kiekene.
„Maer ne gheenen capoen
„No gheenen hane ne brinc /
„No pluvieren/
„No fnippen no nachtegalen /
„Muffchen no meefen /
„Ganzen no aenden /
„Duven no duvejonghen/
„No tortelduven /
„Velthoendren no pertrifen /
„Leewerken/ pauwen no heeghers/
„Odevaers no fwanen /
„Valmeduven no merlen /
„Aendvoghels no butoers /
„Cranen no oude hennen:
„Want ic ben fiec.
„Sulc vleefch foude mi deren:
„In fours niet moghen verduwen.
„Ende ne coop hafe no conin.
— Heere / ghi hebter mi
„Meer ghenoemt
„Dan ic wane copen.
„Ghi fijdt fo teedre /
„Ghi foud qualike moghen
„Eten vleefch van peerden /
„Dan ftieren no van copen/
„Dan cattelen no van meerien /
„Dan leeuwen no van lupaerden."
Noch fijnre andre beeften
Daer men niet of rouct t'etene:
Wulven / voffen no fitfau /
Olifanten no catten /
Scheminkelen / efelen no honden
Maer beeren eet men wel:
Alfo doet men gheeten.
Ic wane dat men niet ne eet

Aigles ne grifons,
Espreviers ne faucons,
Estoirs ne escoufles,
Ne cas cornus ne chuettes,
Rats ne sourris,
Corbiaus ne cornelles.

Chechi sont les biestes
venimeuses.
Serpens, cueluevres,
Araingnes, mouskes et vers.
Qui de ches bestes sera mors,
Il li faut du triacle,
Se che non, il en mourroit.

Des poissons poes oïr
Les noms d'aucuns.
De la mer nous vienent
Les balaines & le porc de mer,
Cabillau et esclevis,
Rivis et plaiis,
Merlenes et esperlenes,
Makereaus et mules,
Bresmes et aloses,
Seches et congres,
Herenc fres et flets,
Herenc vivelai,
Herenc cake,
Herenc sor,
Estorjon et oestres,
Moules et hanons.
Des rivieres mangies
Les luus et les bekes,
Les carpes et les anguilles,
Les tenkes et les perkes,
Les roches et les creviches,
Les berbiaus et les lokes,
Et les gouvions,
Les bresmes de douce yauwe
Et les saumons.

Aernen no griffoenen /
Sparewaers no valken /
Haveken no wuwen /
No hulen / no uwerauen /
Ratten no musen /
Raven no crayen.

Dit sijn de beesten
Ghevenijnt :
Serpenten / haghetissen /
Spinnen / blieghen ende wormen.
Die van desen beesten werd gheveten /
Hi moet hebben triakele /
Of dies niet / hi soud of sterven.

Van den visschen moghedi horen
De name van eenighen.
Van der zee comen ons
Die vervisschen ende meerswine /
Cabeliau ende schelvisch /
Rivisch ende pladijs /
Witine ende spierine /
Makereel ende herders /
Braesmen ende elsten /
Setsen ende zestel /
Harine versch ende but /
Harine bivelo /
Cake harine /
Harine drooghe /
Stuer ende oestren /
Musselen ende coes.
Van der riviere eet
Heecten ende snoucken /
De kerpers ende alen /
De tinken ende baersen /
De blicken ende de crevitsen /
De barbelen ende die grondelinghen /
Ende die goebbioene /
Die braesmen van soeten watre
Ende die salmen.

Ore nommons les compenages :
  Premiers lait et bure,
  Froumage engles,
  Froumage de Brie,
Froumage de brebis.
D'oefs et de lait fait-on
Flans et matons ;
D'oefs et de fleur fait-on
Pouplins et caneftiaus.
Tartes font boines ;
Auffi font darioles et waufres,
Waftiaus et tourtiaus.
Craime et froumegie
Ne fait mie à refufer.

Des fruits oes les noms :
  Poire, pumes et prounes,
  Cherifes, crekes et fourdines.
  Frankes meures et frefes,
Peskes, mefples et noifettes,
Fighes, dades et amandes,
Rofins et pumes de gharnate,
Pumes d'orenge et groufielles,
Caftaingnes et nois gaukes.

Les noms des arbres :
  Poirier, pumier, prounier,
  Peskier et fourdinier,
  Fighier, gaukier, mourier.
Mefplier et frafier,
Quefne, frefne,
Aufne et tilleul,
Aubel, fauch et falenghe,
Efpines, feuch et olivier.

Deffous ches arbres croiffent
  Moult de boines herbes :
  Rofes vermeilles et blanches,
  Mente, confire de graine,
Flour de lis et ape.
Es bois font les verdures ;
Es gardins et fur les motes

Nu noemen wi die fuuelen :
Eerft mele ende botre /
Inghelfchen caes /
Caes van Brie /
Scapin caes.
Van eyeren ende van melken maect men
Vladen ende wronghele;   (men
Van eyeren ende van bloumen maect
Gheroerde coucken ende canftelinghen.
Taerten fiin goet ;
So fiin dariolen ende wafelen /
Derve coucken ende coucken /
Rome ende bieft
Ne doet niet te wederfegghene.

Van den fruten hoert de namen :
Peren / applen ende prumen /
Keerfen / cricken ende fleen /
Moerbeyeren ende frefen /
Pelters / mifpelen ende hafelnoten /
Vighen / dadelen ende amandelen /
Rofinen ende appelen van garnaten /
Applen van oraengen ende ftekebeye=
Keerftaengen ende okernoten.   (ren /

De namen van den bomen :
Peerboom / appelboom / prumeboom /
Perzekerboom ende fleeboom /(boom /
Vighcboom / noteboom / moerbeyer=
Miffelboom ende freizeboom /
Eeke / effche /
Elfe ende lende /
Abeel / voughel ende waterweerf /
Dozuen / vlieder ende olivier.

Onder defe boume waffen
Vele goeder cruden :
Rode rofen ende witte /
Mente / coffelie ende greinen /
Lelyen ende maerke.
In de buffchen fiin die groenheden ;
In de boegaerde ende up de vallen /

Et es preis font les herbes
Dont on fait fain.
Si y ha des cardons
Et des orties.
Es cortieus font les porées,
Rouge colets et blans,
Cabus, porjons et oingnons,
Bietes, chierfuel et persin,
Laitues et pourchelaine,
Cresson olens et cresson d'iauwe,
Naviaus, sauge et aus,
Espinage, bourage et fenerele.

(Che font les buvrages:
  Vin rainois,
  Vin franchois,
  Vin de greic,
Blanc vin et vin vermeil.
Chervoise d'Alemaingne,
Goudale d'Engleterre,
Mies et chervoise.
Chider est fait de poumes,
Boulie est faite d'iauwe
Et de tercheul.
Yauwe boivent les bestes,
Et on ne bue les draps.

(Se vous bargingnies dras,
  Si demandes: „Que faites vous
  „L'aune de che drap,
  „Le demi aune ou le quartier?"
Bargingnies dras melleis,
Vermaus, werds et noirs,
Blancs camelins et gris,
Bleus et roiiés et tierteine;
Et dites en telle maniere:
— Dame, que faites-vous
„L'aune de che drap,
„Ou que donres l'aune?"
— Sire, raison;
„Vous l'ares à boin markiet,
„Voire pour catel."

In de meerschen es t'gras /
Daermen of maect hoy /
Ende daer sijn oec distelen
Ende netelen.
In de hoven es t'waermoes /
Rode colen ende witte /
Cabuscolen / porcide ende eniung /
Smercoelen / kervele / pieterselle /
Latuen ende pourchelaine /
Hofkersse ende waterkersse /
Rapen / saulge ende looc /
Sinage / borage ende venkel.

Dit sijn de dranken:
Rijnschwijn /
Vranesch wijn /
Wijn van griec /
Witten wijn ende roden wijn /
Oesters bier /
Inghels hale /
Mede ende bier.
Sider es ghemaect van applen /
Vierkin es ghemaect van watre
Ende van grute.
Watre drinken de beesten /
Ende men waschter mede de cleedre.

Of ghi dinghet lakene /
So vraegt: „Wat lovedi
„D'elne van desen lakene /
„De half elle of tvierendeel?"
Dinghet ghemminghede lakene /
Rode / groene ende swerte /
Witte / sciere ende graeuwe /
Blaeuwe / striipte ende tiertiene;
Ende segt in dusghedaner wisen:
— Vrouwe / hoe lovedi
„D'elne van desen lakene /
„Of hoe suldi gheven d'elle?"
— Heere / om redene;
„Ghi sultse hebben goeden coep /
„Ja omme catel."

— Dame, il convient waingnier.
„Gardes que j'en paierai?"
— Sire, vous en paieres
„Douse gros de l'aune,
„S'il vous plaist."
— Dame, che ne feroit mie fens;
„Pour tant vauroie avoir
„Bonne escarlate."
— Sire, vous aries droit.
„Mais j'ai encore telle
„Qui n'est mie de le milleur,
„Que je ne donroie point
„Pour vint gros."
— Dame, tout le croi-je bien,
„Mais chette n'est mie
„De tant d'argent;
„Che faves-vous bien.
„Mais che que vous en laisseres
„Le vous fera vendre."
— Sire que vous vaut-elle dont?"
— Dame, elle me vaurroit
„Bien nuef gros."
— „Sire, ch'est mal offert
„Ou trop fourfait.
„Encore ameroie-je mieus
„Qu'elle fust d'or en vo escrin."
— Demisselle, vous n'i perderies
„Ja crois, ne pile;
„Mais taillies m'ent
„XV. aunes et demie,
„Et vees chi l'argent"
— Sire, quel monnoie
„Me donnes-vous?"
— Demisselle, bonne monnoye:
„Che sont gros tournois.
„Tell y ha de Flandres,
„Li autre du tans saint Loys,
„Que on appielle vies gros."
— Sire, que valent-il?
— Dame, le vies XVIII. denier,
„Et li flamene XII.;
„Vous le deves bien savoir.

— Vrouwe / men moet winnen.
„Besiet wat ic sal betalen?"
— Heere / ghi sulter af betalen
„Twalef grote van der elle /
„Up dat u ghenoucht."   (scepe;
— Vrouwe / dat ne ware gheene vroe-
„Omme also vele wild'ic t' hebben
„Goet scaerlaken."
— Heere / ghi hebbet recht.
„Maer ic hebbe noch zulke
„Dat niet en es van den besten /
„Die ic niet ne gave
„Omme XX. groot."
— Vrouwe / al ghelov'ic wel /
„Maer dese n'es niet
„Van so vele gheits;
„Dat weet ghi wel.
„Maer dat ghire aflaten sult /
„Salse u doen vercoopen."
— Heere / wat esse u waerd danne?"
— Vrouwe / soe ware mi waerd
„Wel neghene grote."
— Heere / het's qualike gheboden
„Of te seere verloost.
„Noch hadd'ic liever
„Dat sae waren guldin in uwe scrine."
— Joncfrowe / ghi ne verloozter an
„Ja cruce no munte;
„Maer snitter mi
„XV. ellen ende een halve /
„Ende ziet hier t' ghelt."
— Heere / wat munten
„Gheefdi mi?
— Joncfrowe / goede munten:
„Der siin grote tournoisen;
„Sule sijnre van Vlaendren / (den /
„Die andre van Sinte Lodewijcs ti-
„Die men heet oude groten."
— Heere / wat sijn si waerd?
— Vrouwe / de oude VIII. d'/
„Ende de Vlaemsche twaelve.
„Ghi sijt wel sculdich te wetene;

„Qui tant d'argent recheves."	„Die so vele ghelts ontfanet."
— Vous dites voir, Sire,	— Ghi segt waer / Heere /
„Mais nous ameriemes mieus	„Maer wi hadden liever
„Escus du roy,	„Skonincs scilden /
„Angles d'or et lyons d'or,	„Inglen gulden / guldine leewen /
„Couronnes d'or ou heaumes,	„Cranaerts guldin of helmen /
„Frans ou caïeres,	„Vranken of zecellaers
„Mailles et vies esterlines.	„Mailgen ende oude inghelschen.
„De telle monnoye	„Met sulker munten
„Nous paieroit-on bien."	„Soude men ons wel betalen /"
— Dame, aussi feroit-on	— Vrouwe / so soude men
„De deniers de douse mites."	„Met penninghen van XII miten."
— Vous dites voir, Sire,	— Ghi segt waer / Heere /
„Tout est bonne monnoye.	„Ale ist goede munte.
„Biaus Sire, je me loch de vous	„Scoon Heere / ic belove mi van u /
„Si que, s'il vous faloit	„So dat ghebzalte u
„Aucunes denrées	„Eenighe penewaerden
„Dont je me melle,	„Der ic mi af bewinde /
„Vous les porriés emporter	„Ghi mochse oeh draghen
„Sans maille et sans denier.	„Zonder halline ende zonder penninc /
„Si bien m'avés vous paiiet."	„So wel hebdi mi betaelt."
— Dame, mout grans merchis.	— Vrouwe / herde groten danc /
„Et sachies que mon argent	„Ende weet dat mijn ghelt
„Auriés devant une autre."	„Soud ghi hebben voz een andze."
Et si me faut à le fois	Ende mi ghebzeeet zome tiden
Et à mes compaingnons	Ende mijn ghefellen
Des dras de mainte maniere.	Lakene van vele manieren /
Et de pluiseurs viles:	Ende van vele steden:
Dras de Bruges et de Gand,	Lakene van Brugghe ende van Ghend/
D'Ypre et Dickemue,	Van Ypre / van Dixmude /
De Lille et de Tournay,	Van Rifele ende van Dozuche /
De Menin et de Courtray,	Van Meenene ende van Coztrike /
De Wervi et de Commines,	Van Wrueke ende van Comene /
De Bailluel et de Poperinghe,	Van Belle ende van Poperinghen /
D'Audenaerde et de Saint Omer,	Van Oudenaerde ende van S. Omaers/
De Brousselles et de Louvain,	Van Bruecele ende van Luevene.
Si pense chi à estre,	So dat ic peinse hier te wesene /
Se Dieu plaist,	Oft God wilt /
A le feste de Bruges.	Ter Brugghe maeret.
Si acaterai les laines:	Ende ic sal copen wulle:
Laines d'Engleterre,	Inghelsche wulle
Laines d'Escoche	Scotsche wulle /

Laine flamenghe.	Vlaemsche wulle.
Les laines vend-on	De wulle vercoupt men
Par facs et par pois,	Bi facken ende bi ghewichten /
Par pierres et par claus	Bi fteenen ende bi naglen
Et par livres,	Ende bi ponden/
Si que on puet demander:	So dat men mach vzaghen:
— Que faites-vous le fac?	— Hoe lovedi den zac?
„Que donres-vous le pois?	„Hoe fuldi gheven t' ghewichte?
„Que voles avoir du clau?	„Wat wildi hebben van den nagle?
„Que vous donrai-je de le pierre?	„Wat fal ic u gheven van den fteene?
„Que vault la livre	„Wat es t' pont waert
„De chefte laine d'aingnelins?"	„Van defer lamwulle?"

Encore acaterai-je	Noch fal ic coepen
Piaus de vaque,	Coehuden /
De coi on fait cuir,	Daer of dat men maect leder /
Piaus de kievre;	Gheets vellen;
Des piaus de brebis	Van fcaeps vellen
Fait-on fronchin.	Maect men fronfiin.

Encore acaterai-je	Noch fal ic copen
Cofes dont on fait paintures:	Dinghen daeraf men maect verwen:
Afur et ver-de-Grece,	Afuer ende fpaenfgroene /
Sinopre et brefil,	Vermeljoen ende bzefil /
Blanc d'Efpaingne,	Spaenfch wit /
Vernis et orpiment.	Vernis ende oppiment.
Encore voel-jou employer	Noch will'ic befteden
Une fomme d'argent en feil,	Een fomme van ghelde in foute /
En poy et en arpoy,	In pelte ende in herfte /
En verde chire et en rouge chire,	In groenen waffe ende in roden waffe/
Et en gaune chire,	Ende in gheluwen waffe/
De coi on emplift	Daer men mede vult
Les tables et les tabliaus	Die taflen ende die tafelkine
En quoi li enfant efcrifent.	Daer die kinderen infcriven.
Et fi me faut acater	Ende ic moet copen
Sieu pour faire candeilles.	Roete omme te makene keerfen.
Sain du porc eft boin	Swinen fmout es goet
Pour faire du potage.	Omme te makene potketene.
De fain de herenghs	Met harinc fmoute
Ond-on folers et houfiaus.	Smeert men fcoen ende leerfen.
Ole ard-on en lampes	Olie bernd men in lampten

Et le mangue-on bien.
Mais comment que
Je m'en fui mellés
De faire che livre;
Si ne fai-je mie nommei
Toutes les choses
Qui sont nécessaires
À chescun ouvrier.

Ende men eetse wel.
Maer hoe dat
Ic mi bewinde
Te makene desen bouc;
Nochtan en can ic niet nomen
Alle de dinghen
Die sijn noodsakelic
Elken weerman.

Et si n'aie mie nommei
Les métaus qui s'enlievent:
Fer et achier,
Plonc et estain,
Cuevre et arain,
Or, argent et espiautre
Et vif-argent.

Ende ic en hebbe niet ghenoemt
Die metalen die hierna volghen:
Yser ende stael /
Lood ende tin /
Copren ende erin /
Goud / selver ende spiautre
Ende quicselver.

Il me faut nommer
Coroies, chaintueres,
Boucles et morgans.
Bourses et tailles,
Alouiieres de soie et de cuir.
Les merchiers vendent
Dras d'or et de soie,
Pierres precieuses
Et perles et huuets,
Espingles et aguilles,
Cofrets et escritoires,
Alensnes et ponchons;
Cornets à encre et grafes,
Coutiaus et waynes,
Forches et forchettes,
Coiffes et pentoirs,
Et lanieres et lachets
Et soie dont on fait
Ouvrage de broudoure.
Des ore nommerai les grains:
Blé, fourment et soille,
Avaine et orge,
Veches, feves et pois.

Ic moet noemen
Riemen ende gordelen /
Brolien ende smelten /
Buerzen ende tasschen /
Aessacken van siden ende van ledere.
Die meerseniers vercopen
Guldine lakene ende zidine /
Precieuse steene
Ende peerlen ende huuen /
Spellen ende naelden /
Cokers ende scriftorien /
Elsene ende ponchoene /
Incthoorne ende greffien /
Messen ende sceeden /
Scaren ende scaerkine /
Huven ende snoeren /
Ende nachtelinghen ende risnoeren
Ende zide daer men of maect
Weere van bordueren.
Nu sal ic noemen de granen:
Coren / tarwe ende rugghe
Evene ende gheerste /
Vitsen / bonen ende erweten.

¶ Des grans signeurs	Grote heeren
Vous nommerai:	Sal ic u noemen:
Premiers le pape,	Eerst den paeus /
Zes cordonnals	Sine cardenale
Et archevesques	Ende aerdschebisscoppen
Et evesques et officials,	Ende bisscoppen ende officiale /
Doiiens, cureis, capellains,	Dekene / prochppapen ende capellaen§,
Prestres, clers,	Papen / cleerken /
Diakenes et subdiakenes,	Dyakene ende subdyakene /
Accolites et couster,	Accoliten ende costren /
Abbas, prieus, moines,	Abden / priozen / moenken /
Nonnains et beghines.	Nonnen ende beghinen.
¶ Ore nommerons	Nu sullen wi noemen
L'empereur de Romme,	De keyser van Romen /
L'emperreïs se moullier.	De keyserinne siin wiif /
Le roy de Franche,	De coninc van Vrankerike /
Le royne, se feme,	De coninghinne siin wiif /
Le duc de Bourgoingne.	De hertoghe van Bourgoingnen /
Le duchesse,	De hertoghinne /
Le conte de Flandres.	De grave van Vlaendren /
Le contesse,	De graefnede /
Le visconte et le viscontesse.	De buerghgrave / de buerghgraef.
Le prinche, le princhesse.	De prinche / de princhesse / (nede /
Chevalier, chevaleresse,	Riddder / riddernede /
Escuir, bourgois,	Sciltknape / poortere /
Bourgoise, dame ou merkine,	Poortighe / vrouwe of ioncwiif /
Le baillieu, le scouthethe,	De bailliu / de scouthete /
Le bourghmaistre.	De buerghmeestere /
Les esquevins, les conseils,	De scepene / de rade /
Les sergans.	De sheerenknapen.
¶ Ore nommerai, si Dieu plaist,	Nu sal ic noemen / of God wille /
Divers paiis: premierement	Diverse landen: eerst
Les empires, après	Die keyseriken / eerst
Les royaulmes,	Die conincriken /
Les ducées et les contées.	De hertooghdomen ende graefscepen.
On ne trueve que II. empires;	Men ne vint maer ii keyseriken:
L'empire de Romme	t'keyserike van Romen /
Et l'empire de Grece;	t'keyserike van Griekcn.
Franche est le sovrain	Vrankerike es t'upperste
Royaulme de Crestienté,	Conincrike van kerstinede /

Engleterre, Espaingne,
Eschoche, Yrlande, Danemarche,
Hongrie, Bahaingne,
Arragonne, Navarre,
Lombardie, Portegale,
Cecile, Naples;
Le duchié de Bourgoigne,
Berri, Aingau, Bourbon,
Normendie, Brabant,
Baiviere, Lorraine,
Lucenbour, Ghelre, Julers,
Bar, Ostriche, Lanclastre,
Sassoingne, Bretaingne;
Le contei de Flandres,
D'Artois, de Nevers,
Rethiest, Hainau, Ghisnes,
Boullenois, Pontieu,
Hollande, Zeelande,
Savoie; Picardie est granf paiis,
Et il y ha mainte contei
Et fingnourie, comme prevostés
Et viscontes et advoés,
Maieurs, et on trueve
Le daufin de Viane.
Et pour che que pluiseurs
Mots kerront,
Qui ne font point
Chi devant eschript,
Si vous escrirai-jou,
Diverses materes,
De toutes cofes entremellées,
Ore de l'un, ore de l'autre;
Ouquel capitle
Je vuel conclure
Noms d'hommes et de femmes,
Selonc l'ordene de l'a. b. c.,
Et le nom des meftiers,
Si comme vous poes oyr.
Adam, amaine cha
Mon cheval tost;
Si lui meth le felle et le bride.
Si chevaucherai

Jngland / Spaengen /
Scotland / Yerlan / Denemerken /
Hongrie / Beyeem /
Arragoene / Navare /
Lombaerdie / Portegale /
Cecilie / Napels;
T' hertoeghscap van Bourgoingnen /
Berri / Augau / Bourboen /
Normendie / Braband /
Beyere / Lorraine /
Lutsenbuerch / Ghelre / Ghulke /
Baersen / Oesterike / Lancastre /
Sassen / Bertaengnen;
T' gravescap van Blaendren /
Van Artois / van Neveers /
Rethiest / Henegouwe / Ghisene /
Buengauwe / Pontieu /
Holland / Zeeland /
Savoie; Picardie es groot lantscap/
Ende daer es in menich graefscep
Ende heerscepie / als proostien /
Ende buerghgraefschepen ende vaoch-
Ende meyers / ende men vint (dien
Den dalfin van Diane.
Ende omme dat menegherande
Woerden sullen vallen /
Die niet en siin
Hier voren ghescreven /
Zo sal ic u scriven
Diveerse materien
Van allen dinghen ondermingh3 /
Nu van den eenen/nu van den andren;
Jn t' welke capitle
Jc wille besluten
Namen van mannen ende van wiven/
Na der ordinanche van den a.b.c./
Ende den namen van den ambachten/
Gheliic ghi moeght horen.
Adaem / brinct hare
Miin peerd vulleke /
Ende lech hem den sadel ende den
Zo sal ic riden (breidel.

Où je doi estre :
Ch'est à un parlement,
A un serviche d'un corps,
A un anniversaire ;
Et regarde s'il est bien ferrés
Des quatre piés.
S'il ne l'est, si le maine
Au fevere pour ferrer,
Et di au fevre qu'il metche
Le cheval les broies,
Ains qu'il ne bouteche
Ou travail et qu'il fache
Quatre boins fers.
                              (tieus.
(Abraham, vous estes moult has-
Vous convenra chevauchier
Vostre cheval deferrei,
Car le marescal n'a point
D'englume ne de martel.
Tenes, monteis ès estriers,
Si cauchies vous estivaus
Et vos esperons.
Si vous desjunes
Ainchois que vous partes.

(Abacuc, où ales-vous ?
Se vous ales mon chemin,
Je vous tenroie compaingnie ;
Si en seroie moult lies.
— Alard, ore en alon
Sans arester, se nous volons
Venir ensi comme nous avons
Promis à no compere.
— Aubin, où vend-on
Le milleur vin de ceste ville ?
Dites le nous, je vous en prie.
— Andrieu, le milleur vend-on
En la rue flamenghe,
Car je l'hai asfaiiet ;
Si est du plain tonnel
Afforeit à chuine esterlincs
En la première taverne

Daer ic bem sculdich te wesene :
Dat's t' eenen parlemente /
T' eenen dienste van eenen like /
T' eenen jaerghetide ;
Ende besie oft es wel besleghen
Metten viere voeten.
Eist niet / so leedt
T' smeets omme te beslane /
Ende zegh den smet dat hi legghe
Den perde de brake /
Eer hiit stede
In de travaille ende dat hi make
Vier goede pserre.

Abraham / ghi sijt herde haestich /
Ghi sult moeten riden
U peerd ombesleghen /
Want de maerscalc ne heeft
Gheen haenbilt no gheen hamer.
Neemt / sit in die steghereepen ;
Ende scoid uwe leerzen
Ende uwe sporen ;
Ende ontnuchtert u
Eer ghi sceedt.

Abacuc / waer gaedi ?
Gaet ghi minen wech /
Ic soude u houden gheselscap :
Ende ic souts wesen herde blide.
— Alaerd / nu ga wii
Souder letten / up dat wi willen
Comen also wii hebben
Belooft onsen ghevadre.
— Aubin / waer vercoop-men
Den besten wiin van der stede ?
Segghet ons / ic bids u.
— Andries / den besten vercoop-men
In de vlaminestrate /
Want ic hebt gheprouft ;
Ende es van eenen vullen vate
Ghesteken te vive inghelschen
In de eerste taverne

Que vous trouveres.	Die ghi vindt.
Adriien, va-ent querre Lot et demi; Si te fai bien mesurer. Si buverons un tret, Et manderons Des tripes; Si buverons bec à bec.	Adriaen / gaet halen Onder halven stoop; Ende doe du wel meten. So sullen wi drinken eenen tueghe/ Ende wi sullen senden Omme pentsen; So sullen wi drinken bec ieghen bec.
Ansel, met le table, Leve ches voires, Resuiche le hanap, Dreche à mengier, Taille du pain. Fai nous des aus, Fai nous une soupe; Si humerons, S'en arons toute jour plus caud	Ansel / legh de tafle/ Wasch de glasen/ Spoel den nap/ Recht t'eten/ Sniid broet. Maect ons looc/ Maect ons eene soppe; So sullen wi supen/ (wermere. Ende wi sullen 'thebben alden dach te
Arnoul, verse du vin, Si nous donne à boire. — Non ferai; je poille des aus. Ales ainchois laver, Vous buveres tout à tamps.	Arnout / scinct van den wine/ Ende ghef ons drinken. — In sal; ic pelle looc. Gaet eerst dwaen/ Ghi sult drinken al te tiid;
Aubert est à la porte; Va, si oevre l'uis. Je croi qu'il m'aporte Chou qu'il me doit. Anthones est un preudoms. Il se leve toutes les nuits Pour oyr matines. —Il ne me caut de son lever.	Aelbrecht es ter poorte. Ga / ende ondoe de duere. Ic wane dat hi mi brinct Eghone dat hi mi sculdich es. Anthuenes es een goed man. Hi staet up alle nachte Om te hoorne mattene. — Mi ne roue van sinen upstaen.
Augustin, où es-tu? — Sire, il est à l'ecole Il s'en ala à prieme Et il revenra à tierche. Non fera mie à miedi. Ore vienge à nonne; Je vorroie qu'il demourast	Augustin / waer bes-tu? — Heere / hi es ter scolen. Hi ghinc och te prime Ende hi sal keeren te tierche/ Hi ne sal niet te middaghe. — Nu / come te noene; Ic wilde hi lette

Jusques à vespres,
Voire jusques à complie.
— Aliaumes, parole à moi.
Quant mois a-il en l'an ?
— XII. — Qui font-il ?
— Jenvir, Fevrier, March,
Avril, May, Jung,
Jungnet, Aouft, Septembre,
Octembre, Novembre, Decembre.

Agnies, no-meskine,
Sceit bien nommer
Le v. festes qui ne font mie
Escriptes ou calendier.
Ore avant, demiselle,
Nommes les fans falir.
— Le fefte de Pasques,
L'Ascension, le Penthecoufte,
Le Trinitet et le Sacrement.

Agate, vous aves oy
Nommer les mois de l'an ;
Quans jours y ha-il
En cascun mois ?
— En Avril, en Joing,
En Septembre et en Novembre
Ha xxx. jours tout à point ;
Et en tous les autres mois
Ha trente et un jours,
Fors en Fevrier
N'a que xxviii. jours ;
Et quant li bifextres eskiet,
Dont en ha-il xxix.

Alis, dites-nous
Quans tamps il ha en l'an ?
— IIII. — Lequel sont-che ?
— Ver, eftés, yver, autompne.
— Quant commenche ver ?
— Il commenche le jour
Saint Pierre, en Fevrier.
Quant commenche eftés ?

To ter vespertiit /
Ya to te complietiit /
— Aliames / spree ieghen mi.
Hoevele maenden siin in t' iaer ?
— XII. — Wele siin sii ?
— Loumaend / Sporkele / Maerte /
April / Mey / Wedemaent /
Hoymaent / Oughst / Pietmaent /
Arsemaent / Smeermaent / Hore-
(maent.

Agniet / ons iouewiif /
Can wel noemen
De V. mesdaghe die niet ne siin
Ghescreven in den kalengier.
Nu voert / ioncfrouwe /
Noemtse sonder missen.
— De Paeschdach
Ascentioensdach / Sinxendach /
De dach der Triniteit ende Saker-
(mentsdaghe.

Aechte / ghi hebt ghehoert
Noemen de maenden van den iare ;
Hoevele daghen siin
In elke maend ?
— In April / in Wedemaent /
In Pietmaent ende in Novembre
Siin xxx. daghen al te point ;
Ende in alle d' andre maenden
Siin xxxi. daghen /
Sonder in Sporcle
Ne siin maer xxviii. daghen /
Als t' scrickeliaer ghevalt /
Danne heeft soere xxix.

Adelisse / segt-ons
Hoevele tiden siin in t' iaer ?
— IIII.— Wele siin sii ?
— Lenten / zomer / winter / heerfst.
— Wele tiit beghint lenten ?
— Hi beghint up den dach
Van sinte Pietren / in Sporkele.
- Wele tiit beghint zomer ?

—Le jour saint Urbain,
Qui est le xxv^e. jour de May.
— Quant commenche autompne ?
—Le jour saint Simphoriien,
Qui est le xix^e. jour de Juingnet.
— Quant commenche yver ?
— Le jour saint Climent,
En Novembre, le xxiii^e. jour.

— Up sente Urbaens dach /
Die es den xxv.^{sten} dach van Meye.
— Welc tiit beghint de heerfst ?
— Up sinte Simphoriiensdach /
Die es die xix.^{sten} van Hoymaent.
— Welc tiit beghint de winter ?
— Up sente Clements dach /
In November/ den xxiii.^{sten} dach.

(Apolone, faite-nous savoir
Quant Quatuor-tempres
A-il en cascun an ?
Que font-che Quatuor-tempres ?
— Ce font junes que Nostre Sire
Ha ordenées à jeuner
Es quatre tamps de l'an.
— Et en quels jours eskient-elles ?
— Elles eskient toutdis,
Le Merkedis, les Venredis,
Et les Samedis.
— Et quant eskient
Les premieres jeunes
Des Quatre tamps ?
— Elles eskient u tamps de ver:
Le premier Merkedi, Venredi
Et Samedi après les jours
Des Chendres, ou Queresme.
Les secondes eskient
U tant d'esté: le premier
Merkedi, Venredi et Samedi
Après le Chuinkesme.
Les tierches eskient
U tamps d'autompne:
Le premier Merkedi, Venredi
Et Samedi après le jour
Sainte Crois, en Septembre.
Les quartes eskient
U tans d'iver: le premier
Merkedi, Venredi et Samedi
Après le jour sainte Lucie,
En Decembre.

Apollonie / doet ons weten
Hoevele Quatuor-tempren
Siin in elc iaer ?
Wat siin Quatuor-tempren ?
— Het siin vastendaghen die Onser
Heeft gheordineert te vastene (Heere
In de vier tiden van den iare.
— Ende in wat daghen ghevallen se ?
— Sii ghevallen altoos /
Up de Woensdaghen/ up de Vryda-
Ende up de Saterdaghen.   (ghen
— Ende welken tiit ghevallen
De eersten vastendaghen
Van den Viere tiden ?
-- Sii ghevallen in den lenten:
Den eersten Woensdach/ Vriendach
Ende Saterdach naer den dach
Van Asschen-Woensdach / in den
D'andre ghevallen   (vastene.
In den zomer: den eersten
Woensdach/ Vridach ende Saterdach
Naer Sinxenen.
Die derde ghevallen
In den heerfst:
Den eersten Woensdach/ Vridach
Ende Saterdach naer den dach
Der helegher Crucen in Pietmaent.
De vierde ghevallen
In den winter: den eersten
Woensdach / Vridach en Saterdach
Naer sinte Lucien dach /
In Horemaent.

Amelberghe, sachies
Que en l'an ha LII. femaines,
Et en cascune femaine
VII. jours, et en cascun jour
XXIIII. heures, voire
Entre nuit et jour.

  Anastace, aves-vous mengiet?
— Naye, Dame, encore disne-jou,
Et à nuit fouperai-jou,
Et demain et après demain
Me vorrai-jou
Bien tempre disjuner.
— Vous aves bien le tamps,
Qui fi pau aves de foing.
— Compaingne, d'annoi
Et de mefcheanche
Me veul jou garder,
Selone men pooir.
  Baudins, li niés Charles,
Eft marissaus de Franche.
Je li oy dire, par fen ferement,
Que il fera trieuwes
Entere les Engles
Et les Escochois,
Et que il en eut lettres
Seellées du faiiel
Du haut baillieu d'Amiens.

  Benois, li vilains,
Eft lieutenans
De le prevosté de Monstruel,
Et fi eft mes parens
Et jou les fiens.
Si m'en puis bien vanter.
— Bernars, eft li clocke fonnée
Pour aler à l'oevre?
— Voles-vous dire
Le clocke des oevriers?
— Naye, mes le cloke du jour.
  Bartremieus, fai du fu

Amelberghe / weet
Dat in iaer fiin lij weken /
Ende in elke weke.
Bij daghen ende in ellen dach
XXꝛꝛꝛ. hueren / ya
Onder dach ende nacht.

  Anaftafie / hebdi gheten?
— Neenic / vrouwe / noch et ic van der
Ende t'abont falic fopperen / (maeltiit /
Ende morghin ende overmorghin
Tal ic mi willen
Wel tileke ontnuchtꝛen.
— Ghi hebt wel uwen tiid
Die fo lettel forghen hebt.
— Ghefpeelne / van verdriete
Ende van mefvalle
Will ic mi wachten /
Na miere macht.
  Boudene / Karels neve /
Es maerfcalc van Drankerike.
Ic haerde hem fegghen / bi finen eede /
Dat fal wefen verde
Cuffchen den Jnghelfchen
Ende den Scotten /
Ende dat hiis hadde letteren
Ghefeghelt metten feghele
Tfooghf baillieus van Amiens.

  Benedictus / de dorpre /
Es ftedehoudere
Van der proofftie van Monftreul /
Ende es miin maegh
Ende ic die fine.
Ic mach mi wel beroemen.
— Bernard / es die clocke gheluud
Omme te gane te werke?
— Wildi fegghen
De weerclocke?
— Neenic / maer de dachclocke.
  Bartelmeeus / mac vier

Et fai boullier chel encre;
Si y met plus d'arrement
Et plus de fubstanche;
Et muef le bien
Qu'il n'arge.
— Bonifaces, demoures
Avoec nous huimais.
Nous vous donrons;
Si n'ares pis que nous meismes.
— Bertrans, che feroit asfes;
Car fil n'i avoit
Fors pain et froumage,
Il me fouffiroit,
Comme il doit fouffire
A cascun avoec fon ami.
— Bernabé, ales-vous ent,
Car nous n'avons cure
De vo compaingnie;
Si ne vous en courechies point,
Car fachies tout à plain
Que vo compaingnie
N'eft ne boine ne belle.
— Bafilles, que vous hai-jou
Mesfait ne mesdit?
Que vous a couftée
Me hantife, qui fi fort
Vous plaingnies de moi?
— Plaingne ou ne plaingne,
Je n'aurai que faire de vous,
Tant comme je vive,
Ne que j'ai le vie en cors.

Brice, va ou four
Pour les pastés,
Et fake les roft de l'espoi,
Car il eft asfes cuits;
Si le dreche par escuelles.

Beatris, li lavendire,
Venra chi après mengier;
Si li donnes
Ches lingue draps.

Ende doe fieden dat inct;
Ende doeter in meer atrements
Ende meer fubftancien;
Ende roert wel
Dat niet ne berne.
— Bonifaes / blijf
Met ons hedemeer.
Wi fullen u gheven;   (lieden.
Ende ne fult niet argher hebben dan wi
— Bertram / het ware ghenouch;
Want al ne ware
Maer brood ende caes /
Het foude mi ghenoughen /
Als het es fculdich te ghenaeghene
Elken met finen vriend.
— Bernabas / gaet henen /
Want wi ne zouken niet
Uwes ghefelfceps;
Ende ne belgheter niet omme /
Want weet al openbaer
Dat u ghefelfcap
N'es niet goet no fcone.
— Bafelis / wat hebb'ic u
Mefdaen of meffeit?
Wat hevet u ghecoft
Mine hantieringhe / die fo feere
U beclaegt van mi?
— Claghe of ne claghe /
Jn fal hebben wat doen met u
Alfo langhe als ic leve /
No dat ic hebbe t'leven in t'liif.

— Brixis / gane ten hovene
Omme die pafteiden /
Ende trec t'rooft van den fpete /
Wants het's ghenouch ghebraden;
Ende rechtet bi fcutelen.

— Beatris / die bleecfterigghe /
Sal hier comen naer maeltiit;
Zo gheeft hare
Defe linene cleedre /

Et elle les buera.
Berte, escures ches pots
Contre ches hauts jours,
Et espargies ches joins
En ces chambres.
Colaerds, li orfevres,
Me doit faire une çainture
Et une coroie clouwée
De boin fin argent.
Cypriiens, li tisferans,
M'a promis à tistre
Mon drap et à livrer
Demain ou après demain.
— Et quant li porta-on le filée ?
— Hier ou devant hier.
Antan ou devant antan
Ne l'ust-on mie tisfu
Pour autant d'argent
Que on fait auwan.

Colins, li foulons,
Seeit bien fouler un drap,
Si que je voel qu'il me fouille che.
Conrards, le tondeur
A grande forche,
Me doit tondre mon drap.
Il prent de l'aune iiij. mites,
Puis que les tondeurs
Ecurent leur franchife.
Clements tencha orains
A fe fillaftre,
Et elle li reprova
Et dift c'onques paraftres
Ne marraftre ne furent boin.

Clemence, le pingnereffe,
Fu chi orrains pour argent.
Elle jura, par fa foy,
Que elle ne pigna
Onques laine fi bien.
Pour che le paiera-on bien.

Ende foe fal fe waffchen.
Berte / fcuert defen pot
Jeghen defe hoghe daghen /
Ende ftropet defe biefen
In defe cameren.
Colaerd / de goutfmet /
Es mi fculdich te makene .i. gordele
Ende eenen riem ghenaghelt
Met finen zelvere.
Cypriaen / de wevere /
Heeft mi belooft te wevene
Miin lakene ende te leverne
Morghin of overmorghin.
— Ende welc tiidt droegh men heur
— Ghiftren ofeerghiftren. (t'ghaern?
Vareparen of eervareparen
Ne hadt-men niet ghewevin
Omme fo vele ghelts
Als men doet t'iaren.

Colin / de vulre /
Can wel vullen een laken /
So dat ic wille dat hi mi vulle.
Conraed / de fceerze
Metter groter fchare /
Es mi fculdich te fcherne miin laken.
Hi neimt van der ellen iiij. miten /
Zident dat die fceeres
Hadden hare vryhede.
Clement fcalt hedeneer
Jeghen fine ftiefdochtre /
Ende fo verweet hem
Ende feide noit ftiefvader
No ftiefmoedren goet ne waren.

Clementie / de cammighe /
Was hier hedeneer om ghelt.
Zoe fwoer / bi hare trouwen /
Dat foe ne cammede
Noyt wulle fo wel.
Deromme fal-men fe wel betalen.

Cecile le fileresse Fu chi avoec luy, Et elle prisa moult vo file Qui fu filé à le kenoulle; Mais le fil Que on fila au rouwet, A trop de nues. Et elle dist qu'elle waingne Pluis à filer estain A le kenoulle, que à filer Traime au rouwet.	Celie de spinnigghe Was hier met hare/ Ende soe prijsde seer u ghaern. Dit was ghesponnen metten rocken; Maer t'garen Dat men span metten wiele/ Heeft te vele knoepen. Ende so zeight dat soe windt Meer te spinnene werp Metten rocke/ dan te spinnene Wevele metten wiele.
Columbe le boisteuse S'en ala tenchant de chi, Pour che que je le voldre baisier, Encore dont n'en avoie Je nul talent, dont elle Me maudist et ie lui.	Columbe de manke Ghinc sceldende van hier/ Omme dat ic se wilde cusſen. Nochtanne ne hadd'ics Gheene luſt/ bi den welken soe Mi vliec ende ic hare.
Clare li aveulle Va pour son pain, Li aumosne est bien Emploiié en lui; Car au tamps qu'elle veoit Elle l'euft envis demandé, Si que c'est pité de lui.	Clare de blende Gaet omme haer brood. D'aelmoesene es wel Besteed an hare; Want ten tiden dat soe sach/ Soe had node gheheescht/ So dat es iammer van hare.
Clarisce li esbourette Seeit bien son mestier. Tres quant ha elle apris Draps à esbourer? — Qu'en demandes-vous? Elle en fu berchie, Et s'a bien à faire Qu'elle wangneche mout, Car elle est mout gloute. David le lormier Est un boin ouvrier De faire seelles, Frains et esporons, Et chou que il y faut; Car il fait goriaus	Clarisſie die nopsterigghe Can wel haer ambacht. Tichtent weltiit heeft so gheleerd Lakene te noppene? Wat vraghed iis? Soe wasser mede ghewiecht/ Ende soe heift wel te doene Dat soe vele winne/ Want soe es seere gulsich. David de breidelmakere Es een goet wereman Te makene zadelen/ Breidelen ende sporen/ Ende dat ter toe behoort; Want hi maect ghoreelen

Et sommes et cheingles.
Tout che puet-il bien faire,
Car il est frans selliers.
Denis le fourbisseur
Me doit fourbir m'espée,
Me misericorde, me dagghe;
Si me doit faire un heaume,

Un bachinet, ii. wantelets,
Un haubergon, une gorgiere.
Deus greves et une plate.

Donas le pourpointier
    Me ferai un pourpoint
    Et unes estraintes.
Eggherans le parmentier
    Ha tant à taillier
Qu'il ne cesse, ne nuit ne jour;
Et si a mout de coustturiers.
Encore dont ne pueent-il
Mie tant keudre,
Qu'il puissent livrer
À boines gents
Che que il ont promis.
Everaerds le vieus wariier
Sceit bien estouper
Un mantel trouwé,
Et souler et regrater,
Et escurer une faille
Et tous viés draps.
Elias le tainturier
Est remués nouvellement
De là ou il soloit manoir,
Et si met mout longement
A taindre mon drap.
Que je cuide que j'aurai
Damage par lui.

Ermergaert gist malade;
    Pour che vous pri-je
    Que vous parles bas.
    On portera s'orine

Ende sommen ende darregaerden.
Al dit mach-hi wel maken /
Want hi es vri sadelmakere.
Deniis de sweertvaghere   (sweert /
Es mi sculdich te bruneerne miin
Mine misericorde / mine dagghe;
Ende es mi sculdich te makene eenen
                            (helm /
I. bechineel / ij. yserine hantscoen /
Eenen halsberch / eene gorgiere /
II. been hernassche ende eene plate.

Donaes de pourpointstickere
Sal mi maken een wambies
Ende een lendenier.
Inghelram de sceppere
Heeft so vele te sceppene
Dat hi ne finiert / dach no nacht;
Ende hi heeft vele napers.
Nochtanne ne moghen-sii
Niet so vele napen /
Dat si moghen delivereeren
Den goeden lieden
Tgane dat si hebben belovet.
Everaerd d'oude cleedermaker
Can wel stoppen
Eenen mantel ghegaet /
Ende wullen ende vercaerden /
Ende verscueren eene faille
Ende alle oude cleedren.
Elyaes de vaerwere
Es verhuest nieulike
Dan daer hi plach te wonene.
Ende hi maect te langhe
Te vaerwene miin lakene /
Dat ic wane dat ic sal hebben
Scade bi hem.

Ermegaerd leecht siec;
Daer omme bidd'ic u
Dat ghi spreect stillekine.
Men sal draghen haer orine

Demain au maistre.
Preng warde que li orinauls
Soit net et cleir; et s'il ne l'est,
Si le frote dedens
D'yauwe et de chendres.
— Beaus amis, dist li maistres,
Il te faut couvrir ta fuer
Pour bien fuer; si li vaudra mult,
Car le maladie li vient de puer.

L lorens li drapiers
Est uns riches homs.
C'est bien emploiiés;
Il donne volentiers pour Dieu.
Il va visiter les deshatiés
Et les prisonniers,
Et si conseille les veves
Et les orfenins.
François li taverniers
Ha ii. tonnaus de moust.
Il m'a presenté à croire
Jusques à un sestier de vin.
Qui tient xvi. lots,
Se j'en ai à faire.
— Sire, envoiies-ent querre;
Il est si douls.
Si passe legierement la gorge.
Se vous nel poes boire,
Je le buverai bien.

(Fremius ses voisins
Dist qu'el vault bien son argent.
Il ha droit qu'il le dist;
Il en boit ses grants trets,
S'en waingne son grant argent,

(Fiermis le boulengier
Vend pain blanc et bis,
Et il ha sur sen grenier
Plus de C. muis de tierchuel,
Qu'il ha bulleté d'un bulletel
Et tramisiet d'un tamis.

Morghen smeesters.
Nem ware dat d'orinal
Sii scone ende claer; ende es hiit niet/
So wriiffen binnen
Met watre en met asschen.
— Scone vriend/ segt de meestre/
Du moets decken dire zustre
Om wel te sweetene; het wert her goet
Want de ziechede cam hare van vare.

Florens die drapiers
Es een rike man.
Hets wel besteed;
Hi gheeft gheerne om Gode.
Hi gaet visenteren die onghesonde
Ende die ghevanghene/
Ende hi beraed de weduwen
Ende de weesen.
Fransois de tappere
Heeft ii. vaten moste.
Hi heeft mi ghepresenteert te borghene
Tote eene zester wiins/
Die hout xvi. stoope/
Up dat ics hebbe te doene.
— Heere/ zend's halen;
Het es so soete/
Ende liid so lichtelike de storte.
Moghed iis niet drinken/
Ic sal wel drinken.

Fiermin siin ghebuer
Segt dat wel es waerd siin ghelt.
Hi heeft recht dat hiit seeght;
Hi driue omme ziin grote tueghen
Ende winter mede siin grot ghelt.

Fierin de backere
Vercoept broot wit ende brunn/
Ende hi heeft in sinen graendre
Meer dan C. mudde gruus/ (budele
Dat hi heeft ghebudelt met eenen
Ende ghesicht met eenen teemse.

¶ Ferrans le cordewaniers Met plus de quir à oevre Que trois autres. Encore aroit-il milleure vente, S'il eiuſt des fourmes alles.	Ferrant de cordewanier Let meer leders te werke Dan drie andre. Noch zoud'i hebben beter vente Hadde-hi leeſten ghenouch.
¶ Fouchier le caucheteur Ne vent point boines cauches. Car elles font mal cauſues, Et les avantpiés Sont mal tailliet.	Folkier de couſſceppere Ne vercoept niet goede couſene/ Want ſi ſiin qualike ghenapt/ Ende de voervoeten Siin qualike gheſcepen.
¶ Filbert li archoiiers Fait les arcs et les fajettes, Les virtons et les arbaleſtres Dont li arbalestrier traient. Felisce le tingneuſe Embla à ſon maiſtre Un fourgier où il avoit Mout de boins joyaus, Orfrois et rubans; Et elle fu miſe en priſon Pour che larrechin. Et pour autres choſes Li cope-on l'oreille, Si qu'elle manacha ſon maiſtre De lui faire tuer, Quoiqu'il en advi. Girardus li manniers. Selone che qu'on diſt, Emble bien la moitié Du blé ou de le farine Qu'on apporte à maurre. — La moitié n'en emble-il mie, Mais de cascun un pau.	Filbert de boghemakere Maect de boghen ende die ſcichten De quareelen ende de voetboghen Der de ſcotters mede ſcieten. Feliſcie de ſcurvede Stal haren meeſter Een fortſier/ daerin waren Vele goede iuweelen/ Orfroiſe ende rubaen; Ende was gheleet in de vangheneſſe Omme die diefte. Ende omme ander dinc Sneet-men haer of haer hare/ Zo dat ſe dreeghede haren meeſter Hem te doene daden/ Wat daer of quame. Gheeraed de muelnare Naer dat men ſeegt/ Steelt wel de heelt Van den coorne of van den mele Dat men bringt te maelne. — De helt ſteelt-hi niet/ Maer van eles een lettel.
¶ Gilbers li eſcrivains Sceit bien eſcrire chartres, Previleges et inſtruments, Miſes et rechoites, Teſtaments, copies. Si sceit bien compter	Ghilbeerd de ſcrivere Can wel ſcriven chaertren/ Privilegen ende inſtrumenten/ Weghevene ende ontfanghe/ Teſtamenten/ copien. Ende can wel rekenen

Et rendre compte	Ende rekeninghe gheven
De toutes rentes:	Van allen renten:
De rente à vie.	Van liifrenten /
De rente hiretable	Van eersliker renten
Ou de fief ou de chenses,	Of van leenen of van cheinsen /
Si qu'il est mout proufitables	So dat hi es seere profiteler
Et un boin serviche.	In eenen goeden dienst.
¶ Golias le bouchier	Golias de vleeschouwere
Demeure dalés	Woent neffens
Les maisiaus.	Den vleeschuse.
Il vend mieuls sa char	Hi vercoept bet siin vleesch
Que nuls qui soit	Dan niement die sii
En toute le boucherie,	In al t'vleeschuus /
Si qu'il lui peirt;	So dat hem bliict;
Car je li vi si povere	Want ic sachene so arem
Que il ne savoit	Dat hi ne wiste
Que bouther en sa bouche.	Wat steken in sinen mont.
Pour che est-che boine cose	Daeromme eist goet dinc
D'un boin mestier.	Van eenen goeden ambachte.
¶ Gui le poissonnier	Ghiis de visscapere
Ne c'est mie pis prouvés.	Ne es hem niet argher gheproeft /
Si que il peirt bien	So het wel bliict
Aval sa maison.	Achter siin huus.
Il vend toutes manières	Hi vercoopt alle manieren
De poissons de mer	Van visschen van der zee
Et de douce yauwe,	Ende van soeten watre /
Lesquels sont escript	Die welke siin ghescreven
En autre lieu	In andren steden
En che livre.	In desen bouc.
¶ Gabriauls li telliers	Gabriel de lininwevere
Tist toilles	Wevet liinwaet
De fil de lin et d'estoupes.	Van liningaerne ende van wrelten.
Il vous oudira vo toille	Hi sal u seeren u liinwaet
Et le vous appareillera	Ende salt u bereeden
Pour blanchir,	Omme te bleekene /
Car elle est tissue.	Want het es gheweven.
Ghiots li corbellieres	Ghiot de corfmakere
A vendu ses vans,	Heeft vercocht sine wannen /
Ses corbeilles et ses mandes.	Sine corven ende sine manden.

Garniers li caudreliers	Garnier die ketelmakere
Vend caudrons	Vercoopt ketelen
Et autres cofes	Ende andre dinghen
Que j'ai nommé	Die ic hebbe ghenoemt
En un autre capitel.	In een andre capitle.
Gorges li librairiers	Gozis de librarijs
Ha plus de livres	Heeft meer boeken
Que tous cheauls de le ville.	Dan alle die van der stede/
Et si vend pennes d'auwe	Ende hi vercoopt gansepennen
Et pennes de chisne,	Ende swanepennen/
Et si vend fronchin	Ende hi vercoopt fransiin
Et parkemin.	Ende perkement.
Gheertruud, le suer	Gheertruud/ de zuster
De Gilberte le bourgne,	Van Gilbeerten den loschen/
Est morte et trespassée;	Es doot ende verscheiden;
Priies pour s'arme.	Bid over de ziele.
— Quant trespassa-elle?	— Wel tijt staerf-se?
— Tout maintenant.	— Al nu.
Dieu lui pardoinst	God verghebe haer
Ses defautes et ses péchies.	Hare ghebreke ende hare sonden.
Nous irons au corps	Wi sullen gaen ten like
Pour lui enterrer,	Omme haer te begravene/
Et demain à l'offrande.	Ende morghen ter offrande.
Henris li carpentiers	Heenric de timmerman
M'a proumis	Heeft mi beloost
De faire mon castel,	Te makene miin casteel/
Le sale et le bassecourt	De zale ende t'nederhof
Avoec deus granges.	Met .ii. scueren.
Il les doit carpentier	Hi esse sculdich te timmerne
De boin fort mairien,	Med goeden starken houte/
Et tout le bos carpentis	Ende al timmerhoud
Doit-il meismes delivrer.	Es-hi sculdich zelve te leverne.
Jehans li machons	Jan de maetsenare
Le machonnera	Salne maetsen
Et amenra des ouvriers	Ende sal bringhen werelieden
Pour taillier les pierres;	Omme te hauwene de steene:
Mais le cauchs	Maer t'cale
N'est point encore mesurée.	Nes noch niet ghemeten.
Juliiens li usuriers	Julien de woukenare
Est moult enrichis	Es seere gheriict
Puis qu'il presta	Lichtent dat hi leende

Premierement as usures.
Il ha moult amassé
De boins joyaus
Et de belles mansions.
Il preste sur boin gage:
Le livre pour iiij. mites.

Jaques le couvreur d'estrain
Doit couvrir bien et bel
Mes maisonchielles
D'estrain et de glui;
Ne mie de gluy
Dont on prent ces oyselets.
Ne de chaume,
Ne de foain.

Jane le camuse
Sceit bien cherenchier.
Et elle tient ouvrant
Quatre cherencheresses;
Si preste à cascune
Un cherench.

Jaquemine peusile
Semond toute jour
Ses gelines de sort ponre;
Car elle desire
Moult d'oefs,
Pour mettre
Ses gelines couver.
Barel le brasseur
A tant brassé de chervoise
Qu'il ne la puet vendre.
Car il est renommés
De faire mauvais buvrage,
Si que il faurra qu'il le boyve
Meisme ou que le geteche
Devant les pourchiaus.
Kateline au chevallet
Vend le milleur fres bure
Que on puist mengier;
Et si vend doulz let

Eerst te woukere.
Hi heeft vele vergadert
Van goeden juweelen
Ende van scoonre woninghen.
Hi leend up goed pand:
T'pond omme iiij. miten.

Jacop de stroedeckere
Es sculdich te deckene wel ende scone
Mine husekine
Met stroe ende met gleye;
Niet met lime
Daer men mede vangt de voghelkine/
No met stoppelen/
No met hoye.

Jane de camuse
Can wel hekelen.
Ende soe houd werkende
Viere hekelsterigghen;
Ende soe leent elkere
Eene hekele.

Jaquemine lettelspind
Vermaend alden dach
Hare hennen van seere te legghene;
Want soe begheert
Vele eyere/
Omme te settene
Hare hennen broeden.
Karel de browere
Heeft so viele biers ghebrouwen
Dat hijs niet ne mach vercopen.
Want hi es vernaemt
Te makene quaden dranc/
Zo dat hiit sal moeten drinken
Zelve of dat hiit werpe
Vor de swinen.
Kateline metten pardekine
Vercoopt die beste versche botre
Die men mach eten;
Ende soe vercoopt soete melc

Et let-bure qu'elle bat.
Elle tient vi. meskines
Qui ne finent onques
De moudre fes vaques
Et de laver fes cheraines.
Laurens le plackeur
Me fera mes parois
De boines cloyes,
Et les plakera de terre
Qu'on nomme argille.
Lievins le capeliers
A maint boin capel
De bevre et de feutre,
Qui valent grant avoir.
Lyons li wantier
Vent wans de brebis
Et de cherf et de chien;
Et il fait taifces et coroies,
Mais ch'eft fecreement.

Lucie le baveufe ne fera
Ja bien, car elle dift mal
De chiaus ki bien li font.

Martin le couvreur de tieule
Couvri le hale d'efcailles
Et de tieules
Le mieus que il pooit.
Encore dont defcuevre-elle
Toute du vend.
Mikiel li apoticaires
Vend pluifeurs efpices,
Et fi mainte boifte
Plaines de confections,
Et maint pot plain de cirops.

Maurifses li furgiiens
Se melle de warir
Plaies et apoftumes
Et claus de fes ongemens
Et de fes emplaeftres.
Il fceit warir de le pierre,

Ende kernemele die foe keerent.
So hout vz. ionctwiven
Die gheenen tijt finieren
Te melkene die coen
Ende te wafschene hare keernen.
Laurens de plaefterare
Sal mi maken mine weghen
Met goeden hurden/
Ende sal se plaeftren met eerden
Die men heet leem.
Lievin de hoedemakere
Heeft menighen goeden hoed
Van bevre ende van vilte/
Die weerd fijn groot ghelt.
Lyoen de handfcoemakere
Vercoupt fcapin hautfcoen/
Van herten ende van honden;
Ende hi maect tafschen ende riemen/
Maer het es hemelic.

Lucie die zeverigghe ne doet
Nemmer wel/ want foe feigt quaet
Van den ghonen die hare duecht doen.

Martin de tegheldeckere
Deckede de halle met fcaellien
Ende met teghelen
Ten beften dat hi mochte.
Nochtanne ondect-foe
Al metten winde.
Michiel d'apoticaris
Vercoopt vele fpecien/
Ende hi heeft vele boffen
Vul van confectien/
Ende menighen pot vol ciroops.

Moriffes de furgien
Onderwint hem te ghenefene
Wonden ende apoftumen
Ende fweeren met fine falven
Ende met fine plaeftren.
Hi can ghenefen van den fteene/

<table>
<tr><td>

Et garir par buvrages
Le gravele et le routure.

  Maximiiens le medicins
  Regarde les orines
  Et fceit bien à dire
  Se les gens font defhaitiés.
Et s'il languiffent,
Il les garift du mal du chief,
Des dolereus yeus,
Des maus des dens,
Et des fievres.
Mabile le coufturiere
Che chavift mout bien.
Elle fait fouplis,
Chemifes et braies
Et plouroirs,
Et tout che que on
Puet ouvrer de l'éville.

  Mahaut le mouftardière
  Tient boine mouftarde
  Et boin vinaigre,
  Boin verjus, boine galentine
Et boins aux.
  Picolas le candilleur
  Vent boines candeilles
Et ont boins lyumignons.
Il les fait de boin sieu
De mouton et de vache.

  Nicaife le chavetier
  Va de rue en rue
  Et de fumier en fumier,
  Cuellier ses chavattes
Dont il fait son grant argent.
De quoi il nourrift
Sa femme et ses enfans.
Natalie, la belle dame,
Tient boine eftuve;
Li plus souffisant de la ville
Y vont eftuver.

</td><td>

Ende ghenefen bi dranke
Graveele ende ghefcuertheide.

Maximiaen de mediciin
Beſiet d'orinen
Ende weet wel te fegghene
Of die lieden ziin onghefont.
Ende quellen fi/
Hi gheneeſtſe van den hooftfweere,
Van den zeeren oghen/
Van den tantfweere/
Ende van den coztfen.
Mabelie de naysterigghe
Gheneert hare herde wel.
Soe maect overſloppen/
Hemden ende brouken
Ende ploralen/
Ende al dat men
Weerken mach metten naelden.

Machtilt de moztaertmakerigghe
Houd goeden moztaerd
Ende goeden wiin afiin/
Goet verjus/ goede galentine
Ende goet looc.
Niclais de keerſghietere
Vercoept goede keerſen
Ende hebben goede ledementen.
Hi maet fe van goeden roete
Van fcapen ende van copen.

Nichaſis d'oude fcoemakere
Gaet van ſtrate te ſtrate
Ende van meſſene te meſſene/
Gadzen fine fcoelappen/
Deraf hi maect fiin grote ghelt/
Der hi mede voed
Siin wiif ende fiin kindre.
Natalie/ de fcone brouwe/
Houd goede ſtove/
De vorbaertſte van der ſtede
Gaen reſtoven.

E

</td></tr>
</table>

Elle demuere derriere
Le mur des freres meneurs.
Qbiert le couretier
Waingne à un denier dieu
Vint ou trente livres.
Il ne sceit point mentier,
Comme il soloit jadis.
Oliviers li hosteliers
Ha mout de boins hostes,
Car il ha les Alemans
Qu'on nomme Œsterlines,
Les Espaingnols et les Escoths;
Mais les Lombaers
Ne puet-il onques avoir,
Ne les Flamenes, ne les Franchois,
Les Brabanchons,
Les Zeelandois, les Holandois,
Les Genevois, les Englois,
Les Hainiviers, les Frisons,
Les Normans, les Lucois,
Les Florentins, ne les Danois.
Ogier le chippier
Warde le prison
Où li prisonnier sont.
Il y ha des larrons,
Des mordreurs, des robeurs,
Des faus monnoiiers
Bougres, caupeurs de bourses
Et enfourcheurs de femes.
Les uns pend-on,
Les autres traine-on,
Les aucuns met-on sur reuwes.
Et tout che fait
Le boureaus de Bruges;
Et il les met en jehine,
Pour eaus faire jehisner
Leur meslais.
Ottes le fauconnier
Aporta des faucons,
Et des estores d'Ardane,
Et des espreviers
Qu'il vendera à Montpellier

Soe woend achter
Der frere muer.
Obrecht de makelaer
Wint met eenen gods penninghe
xx. of xxx pond.
Hi ne can niet lieghen /
Gheliic hi conste wilen eer.
Olivier de ostelier
Heeft vele goeder gasten /
Want hi heeft de Duudsche
Die men heet Oosterlinghen /
Die Spaengnaerden ende die Scotten;
Maer de Lombaerden
Ne mocht hi noit hebben /
No de Flaminghe / no de François /
De Brabandres /
De Zeelandres / de Hollandres /
De Genevoisen / d'Jnghelsche /
De Henewiers / die Vriesen /
De Noermannen / de Lucoisen /
De Florentinen / no de Dainen.
Ogier de sceuwaerdere
Wacht de ghevanghenesse
Daer die ghevanghene sijn.
Daer sijn dieve /
Mordenaers / rovers /
Valsche munters /
Bugghers / bursesnidres
Ende wiif vercrachters.
De eeneghe hanet men /
De andere sleept men /
Die eenighe set men up wielen.
Ende al dit doet
Die hangman van Brugghe;
Ende hi leeg se te pinen /
Omme hem lieden te doene lyen
Hare mesdaden.
Otte de valkenare
Brochte valken /
Ende haveken van Ardaine /
Ende sporwaren /
Die hi vercopen sal te Moupellier.

Ogiene le poullaillière	Ogiene de hoenrecoperigghe
Et Oliviers le poulletier,	Ende Olivier die hoenrecuts
Ont des pollets affes	Hebben hoenre ghenoech /
Qui ne font trop cras	Die niet ne fiin te vet
Ne trop maigre,	No te magre /
Dont elle dift. en boine foi,	Waer of foe zeigt / in goeder trouwen /
Qu'il ne font point fourfemé	Dat fi niet ne fiin verzait.
Pierres le bateur a l'arket	Pietre de coutenflaerre
Va tout ufeus,	Gaet al ledich /
Car ses doiiens	Want fiin deken
Li ha desfendu fon meftier	Heeft hem verboden fiin ambocht
Sur l'amende de xx. fauls,	Up de boete van rr. feelle /
Dusqu'a dont qu'il aura	Tote dien dat hi fal hebben
Achaté le franchise.	Ghecocht fine vrihede.
Il f'en plaindra	Hi faiß hem beclaghen
Au bourghmaiftre,	Den buerghmeeßtre /
Et li doiiens, ne fi jurei	Ende de dekene no fine ghefwoerne
N'en font conte.	Ne mickenß niet.
Pol li cuveliers	Pauwels de cupre
Fait et refait cuves,	Maect ende vermaect cupey /
Cuviers et tonniaus,	Cupekine ende vaten /
Chercles et tonnelets.	Houpen ende tonnekine.
Il ont doilloires. wembelkins.	Si hebben paerden / fpikelboren /
Forets, tareeles et planes.	Foretten / navegheeren ende fcaven.
Paulins le mesureur de blé	Pauwelin de corenmetre
A fi longement mesuret,	Heeft fo langhe ghemeten /
Qu'il ne puet plus	Dat hi mach nemmeer
Par che grande villeche;	Mit fire groter outheide;
Car il eft tous kenus.	Want hi eß al calv.
Pirote, fi filleulle,	Pierote / fiin dochterkine /
Eft la pire garche	Eß die quactfte dierne
Que je fache	Die ic weet
Decha mer, ne delà,	An dißfide der zee / no an ghene zide.
Quintins li tonlieis	Quintin de tolnare
A pris de mi une lb. de gros	Heeft ghenomen van mi .I. ff' grot
Plus qu'il ne devoit;	Meer dan hi fculdich waß;
Si m'en trairai	To dat ic fal trucken
Au recheveur,	Vor den ontfanghere /
Pour faire me plainte	Omme te doene mine claghe

Et pour men droit requerre.
Cheſt le milleur conſeil
Que je puiſſe avoir.
Roberts li deitiers
Vend ſes deits.
Au mieuls qu'il puet;
Aucune fois pour ſec argent,
Et aucune fois à cranche.

Riquaerds li meſſagiers
Eſt envoiiés devers
Le roy de Franche,
Pour aucunes néceſſités
Qui appartiennent
À le boine ville de Bruges,
Qu'il eſt une des milleures
Villes marchandes
Qui ſoit en Creſtienté.
Des villes de payennie
Ne ſai-je que dire,
Car elles me ſont desconueues.
Mais en la ville de Bruges
Sont mout de ponts:
Il y ha le pont Saint Jehan,
Le pont le Roy,
Le pont des Carmers,
Le pont de l'Eſtrain.
Le pont Snachgaerds,
Le pont de l'Ole,
Le pont Sent Gille,
Le pont de l'Angle
Le pont Flamene,
& le pont des Asnes.
& pluiſeurs autres ponts
Y ha en le dite ville,
Que je ne nommerai point,
Car che feroit trop à dire.
Rolands de l'Espine
Demeure en le rue Flamenghe.
— Non fait, il demeure
En le rue de le Pierre.
—— Il ne me caut où il demeure

Ende omme miin recht te verſoukene.
Het es de beeſte raed
Die ic mach hebben.
Robert de teernincmakere
Vercoopt ſine teerninghe
Ten beſten dat hi mach:
Sometiit omme droghe ghelt/
Ende ſomtiit te boꝛchtuchten.

Riquaerd de meſſagier
Es gheſent an
Den coninc van Vrankeriike/
Omme eenighe nootſaken
Die behoꝛen
Ter goeder ſtede van Brugghen:
D'wellic es eene der beſte
Stede van coopmanſteden
Die ſi in kerſtinede;
Van den ſteden van heydeneſſen
Ne weet ic wat ſegghen/
Want ſi ſiin mi onbekent/
Maer in die ſtede van Brugghe
Siin vele brugghen:
Daer es Seute Jansbrugghe/
Skonincsbrugghe/
Skarmersbrugghe/
De Stroebrugghe/
Snaghaerdsbrugghe/
D'Olyebrugghe/
St. Gillisbrugghe/
De Winkelbrugghe/
De Vlaminebrugghe/
Ende d'Eſelbrugghe.
Ende vele andre brugghen
Siin in de voꝛſeide ſtede/
Die ic niet en ſal noemen;
Want het ware te vele te ſegghene.
Roeland van den Dooꝛne
Woent in de Vlamincſtrate.
—Hine doet/ hi woend
In de Steenſtrate.
—Mi ne rouet waer hi woent

Je vorroie avoir un souhaidt
Tel comme je souhaideroie,
Et il demourast
En le Haute-rue
Ou en le plactle Mauberd,
En le rue du Gardin,
En le rue Englesce,
En le rue des Laines,
En le rue de l'Eechoud,
Ou enf ou vies boure.
En le rue de l'Asnes,
En le rue des Vairiers,
En le rue du Cheval.
— Et fe il demouroit
Ou vies fac, que diries-vous,
Ou en le Moerftrate?
— Laiflies-m'ent en pais,
Je vorroie qu'il demourast
Sur Burlescamps.

Richiers le carreton
Menra du fiens
Sur ma terre,
Quant elle fera ahanée.
Et en mon courtil
Quant il fera fouis;
Et fi fera mon priiel
De boins wafons;
Et me fera une foif,
Et me plantera
Une vigne qui portera
En cefte année crapes.

Reinaudin li couftres
S'en va en Avingnon
Pour empetrer.
On dift qu'il y ha
Un nouvel pape;
Si doit faire grace.
— Et quel cose empeterra-il?
— Une cure, une capelrie,
Ou aucun boin benefice,

Ic wilde hebben eenen wensch
Tule als ic zoude wenschen/
Ende hi woende
In de Hoghestrate'
Of in de plactse Maubeert/
In de Boomgaerdftrate/
In d'Ingelfchestrate/
In de Wullestrate
In de Eechoudstrate/
In d'oude buerch/
In d'Eselstrate/
In de Graeuwerkersstrate/
In de Paertstrate.
— Ende of hi woende
Inden ouden fac/ wat foudi fegghen
Of in de Moerftrate?
Laetter mi of met paife/
Ic wilde dat hi woende
Up Bulscamp.

Ritsier de waghenare
Sal voeren mes
Up miin land/
Als het wort gheheerd/
Ende in miin hof/
Als het wort ghedolven;
Ende hi sal maken miin praiiel
Met goede zaden;
Ende sal mi maken eenen thuun/
Ende sal mi poten
Eenen wiingaerd die draghen sal
In dit jaer druuen.

Reinaudekin de coftre
Gaet 't Avingnoen
Omme te impetreene.
Men seigt datter es
Een nieuwe paeus/
Ende sal doen gracie.
Ende wat sal hi impetreren?
— Eene prochie/ eene capelrie/
Of eenich goede beneficie.

Voire, se Dieu plaist.

† Reniers li preuf
  S'en va au tournoy
  Et as joustes;
  Si ha mon rouchin,
Mon palefroy,
Mon courfier,
Et toutes mes lanches;
Si croi qu'il aura le pris.

¶ Roberte le louveresse
  Louwe meschines et varlets,
  Et mainte nouriche en l'an.
  Salemons fu le plus fage
  Homme mortel du monde,
Absolon le plus bel,
Moyfes le plus fantieu,
Sanfon le plus fort,
Et David fu mout saint,
Car il fift le fautier.
Silveftres li porkiers
Perdi une truie,
Et li berkiers perdi
Une brebis que li leus
Lui eftrangla; pour che
Dift-on que par maife
Warde chye le leu laine.
Symon le veneur
A pris un leu & une leuve.
Il ha mout de boins levriers.
Il cachera demain
En le foriest de Tiellenghem;
Si espoentera les lievres
Et les autres beftes fauvages.

¶ Tibaus li paftifierres
  Doit livrer tous les pafteis
  Qui nous faurront
  A nos neuches
Et à no royaulme.

Ya/ of God wille.

Reynier de vrome
Gaet ten tornoye
Ende ten joestemente;
Ende heeft miin roshide/
Miin palefroit/
Miin coursier/
Ende miin glavien;
Ende ic wane dat hi sal hebben den
                (priis.
Roberte die besteetsterigghe
Verhuert ioncwiven ende knapen/
Ende menighe voestre in 't iaer.
Salemon was die vroeste
Man stervelic in die weerelt/
Absolon die scoenste/
Moyses die ghesontste/
Samsoen die staereste/
Ende David was herde helich/
Want hi maecte den souter.
Silvester die swiinheerdere
Verloes een zueghe/
Ende de scaepheerdere
Een scaep dat de wulf
Hem verworghede; daeromme
Zeegt men dat bi quader
Hoede sciic de wulf wulle;
Symoen de jaghere   (eene wulfine.
Heeft ghevanghen eenen wulf ende
Hi heeft vele goeder hasewinde.
Hi sal iaghen morghen
In de foreest van Tilleghem;
Hi sal vervaren de hasen
Ende al 'd andre wilde beesten.

Tibaut de pasteibackere
Es sculdich te leverne alle de pasteiden/
Die ons ghebreken sullen
Te onser brulocht
Ende te onser conine feeste.

Tybers li clers de le ville
Ha pencion de le ville.
Il sçeit bien dieter;
Il est tabelions,
Et si ha mout boin office.

Tierris le jougleur
Et ses fieus li tromperes,
Ses fillastres li viellerres,
Et ses ferouges le ghisterneur,
Ont mout de boins
Instrument: il ont
Ghisternes, herpes,
Salterions, orghenes,
Rebebes, trompes, chiphonies,
Chalemies, bombares,
Muses, fleutes douchaines
Et nacaires.

Tideman le coutelier
Forge coutiaus et alemelles,
Et il esmiut sur une muele;
Puis esmance ses alemelles,
Dont les fait enwainer,
Puis les vend en le hale.
Tristans du Fossé dist
De le bouke, à tous les dens,
Que li roys ha assamblé
Le plus grande ost
Que on puist veyr.
On le veult esmer
A. Cm. serveltis.
Ch'est belle ost pour guerroiier
Les Sarralins qui tienent
La sainte terre d'Outremer.
atiers le patrenostier
Vendi à le ducasse
Toute les patrenostres
De cristal, d'ambre,
De voirre, de corne
Et de gaiet, et si fait,
Quant il lui plaist, miroirs;

Tybert / der stede clerc /
Heeft pencioen van der stede.
Hi can wel dichten;
Hi es tabelioen /
Ende heeft harde goede officie.

Tierin de gokelare
Ende sijn sone de trompere /
Sijn stiefkind de vedelare /
Ende sijn swagher die ghitternere /
Hebben vele goeder
Instrument: il ont (sic).
Ghitteernen / herpen /
Salterien / orghelen /
Rebeben / trompen / chiphonien /
Scalemeyden / bombaren /
Cornemusen / flopten douchainen
Ende nacairen.

Tideman de messemakere
Smeedt messen ende lemmelen /
Ende hi slijpt up eenen slijpsteen;
Dernaer hecht hi sine lemmeken /
Danne doet hise scheeden /
Dan vercoept hise in de halle.
Tristram van der Grachte zeegt
Metten monde / met alden tanden /
Dat die coninc heeft vergadert
Tmeeste heere
Dat men sien mach.
Men wilt ghissen
Te Cm. ghewapens volcs;
Dets scone heere omme te orloghene
Die Sarrasinen die houden
T'heleghe Land van overzee.
Wouter de patrenostremakere
Vercochte ter kermessen
Alle sine patrenostren
Van kerstalle / van ammere /
Van glase / van hoorne /
Van aghette / ende hi maect
Alst hem ghelieuet / spieghelen:

Mais c'est per grace.	Maer hets bi gracien.
Willames le taneur	Willem de hudevettere
Tanne ses cuirs;	Vettet sine huden;
Dond les vend	Dan vercoopt hise
As conreurs	Den tauwers
Ou as autres marchants	Of den andren cooplieden
D'estraingne terres.	Van vreemde landen.
Walerants le tourneur	Walerant de drapere
Tourne pluseur cofes,	Draít menigherande dinghen / (lichten
Et si fait luiseus et cherges	Ende hi maect dootscrinen ende stal-
Et toirses et candeilles de chire.	Ende toortsen ende wasine keersen.
Vincent le bochillon	Vincent de houwere
Caupe laingne ou bos;	Hauwet hout in den bosch;
Il abat de sen ferment	Hi vellet met sinen hauwesse
Hayes et buissons, si en fait	Haghen ende busschen / ende maect er
Fagos et le grande	Van den riis ende 't grote (of
Laingne fend-il de deus	Hout splíit hi met tween
Cuingnets & d'un maillet.	Weschen ende met eenen hamer.
Vastuis li vairiers	Bastin de grauwerkere
Vend fourrures	Vercoupt voederinghe
De menu vair,	Van cleenen boute /
D'escureuls & de martres.	Van scuereelen ende van maertren.
Wauborch le pelletiere	Wonbourch de peltiere
Rekeust vies pelichon	Vernapt oude pelsen
Et vieses fourures;	Ende ouden voederinghe;
Aussi fait ses barons	So dat haer man
Li pelletiers.	De pelletier.
Xpriestiens du Mares,	Xpiaen van den Marassche /
Bourgois de Bruges,	Poortere van Brugghe / (den /
Nous doit de nos denrées;	Es ons sculdich van onsen penewaer-
Ch'est à savoir: de feraille,	Dats te wetene: van ouden ysere /
De lanternes et de sconfettes.	Van lanteernen ende van sconsetkene /
Près de xx lbes. de parisis.	Bi den xx. lb parisisen.
Xpristiene le farcleresse	Xpristiene die wiesterigghe
Sarcle porée et waranches.	Wied waermoes ende meeden.
Elle a grant kerke	So heeft groot last
De Xprispin sen baron,	Van Crispine haren man /
Car il est tous jours yvres.	Want hi es alle daghe dronken.

Il soloit estre brouteur,
Le milleur de le ville,
Et s'avoit boine brouette;
Mais elle gist en wages
Pour un tonnel de hopembier.
Soreis le mesel
Est jugiés comme meseaus.
Il demuere à le maladerie
Et n'oise mais habiter
Entre les saines gens,
Pour les perils
Qui en porroient venir.
Selone che que nous lisons,
S'il seit estre pacient,
Il aura paradis.
Ysaac du Pré dist
Que Nostre Singneur
Laissa cha jus ses vertus
En paroles, en herbes,
Et en pierres;
Et de toutes les paroles
Qui soiient eu monde,
Sont che les milleures
Chelles dont on aeure
Et rend graces
A son creatour.
Les plus dignes hierbes
Qui soient, sont chelles
Dont li cristiens vit,
Et ch'est li fourmens.
La plus precieuse pierre qui soit,
Ch'est celle qui mieult
Le fourment, car tous
Li mondes ha besoing de li
Et à toutes gens fiert.

Yeuwain du Camp
Nous moustre que li chiens
Est la plus connisfable
Bieste et la plus loyalle
Du monde, et que la formis est
La plus flairans bieste

Hi plach te sine cordewaghencrudere/
De beste van der stede/
Ende hi hadde eenen goeden cordewa-
Maer hi leit te pande   (ghen;
Omme eene tonne hoppenbiers.
Psoreid die besiecte
Es ghevonnest beziect.
Hi woend ten zieken lieden
Ende ne daer nemmeer habiteren
Onder die ghesonde lieden/
Omme de vreesen
Diere af mochte comen.
Maer dat wi lesen/
Can hi wesen verduldich/
Hi sal hebben hemelrike.
Psaac van der Weersch seigt
Dat Onse Heere
Liet hier beneden sine macht
In woerden/ in cruden/
Ende in ghesteenten;
Ende van allen woorden
Die sijn in die weerelt/
Sijnt de beste
Die ghone dermen mede aenbeet
Ende gheeft lof
Sinen sceppere.
Die weerdichste cruden
Die sijn die ghone
Der die mensche bi leeft/
Ende dats t'coren.
Die preciuuste steen die es/
Dats dieghene die maeld
T'coren/ want al
Die weerlt heeft noot van hen
Ende t'allen lieden dient hi.

Yeuwain van den Velde
Cooght ons dat de hond
Es die bekenliefte
Beeste ende die lopaeste
Van der weerelt/ ende dat die miere es
Die naertrickenste beeste

Qui foit ou monde,	Die zii in die weerelt /
Tant qu'à fa petiteche,	Als van hare cleenhede /
Et la plus fage;	Ende die vroetfte;
Car elle asfamble	Want zo vergadert
En esté chou qu'elle	In den zomer tghone dat oe
Despend en yver.	Verteerd in den winter.
Che ne fait mie	Dat ne doet niet
Li crinchons; il ne	Die crekele; het ne
Se pourvoit mie ainfi.	Vorfiet hem niet alfo.
Yfabiaus de Rolers	Yfabiaus de Roesfelare
Vend perkemin,	Vercoopt perkement /
Et elle m'en vendi	Ende foe vercoopts mi
Une piel qui flua; fi n'i puis	Een vel dat vlueerde; fodat ic ne macher
Mie bien escripre.	Niet wel in scriven.
Il le faut esponfeir;	Men moet tet ponfen;
Si en fera plus onnie.	Het worter of te flichter.
❦ Zacharies le faukeur	Zacharias de mayere
Me doit faukier	Es mi fculdich te mayene
Mon pré pour avoir	Mine meerfch omme te hebbene
Du fain; mais il n'a	Hoy / maer hi ne heeft
Point de fauchs.	Gheen zeinfie.
Je fui tous lasfés	Ic bem al moede
De nommer tant de noms	Te noemene fo vele namen
Et tant de mestiers;	Ende fo vele ambochten;
Si m'en voeil repofer.	So dat ics mi wille ruften.
❦ Encore dont, pour alongier	Nochtanne omme te langhene
Chou que j'ai commenchiet.	Tghone dat ic hebbe begonnen /
Dirai jou matere	Sal ic fegghen materie
Qui fera de Dieu.	Die fal wefen van Gode.
Il nous créa à fa famblanche;	Hi wrachte ons na fine ghelikenesfe;
Nous devons croire	Wi fin fculdich te ghelovene
Un Dieu en trois perfonnes,	Eenen God in drie perfonen /
Et on fe doit confesfer	Ende men es hem fculdich te biechten
Mout devotement.	Harde devotelike.
Dieus est mifericors	God es ontfaermich
Et fi est justes;	Ende hi es gherechtich;
Mais fe mifericorde	Maer fine ontfermichede
N'est mie sans justice;	Nes niet fonder gherechtichede;
Quoyque fe mifericorde,	Hodat fine ontfermichede /
Comme dist l'Escripture,	Als fecht die Scrifture /

Par sa grant merchi	Bi sine groter ghenaden
Passe sa justice.	Lijd sine gherechtichede.
Il ha merchi des pecheours	Hi heeft ghenade van den sondaren
Qui convertir se veullent	Die hem bekeeren willen
De che qu'il ont meffait;	Van dat si hebben mesdaen;
Et qui amender ne se veult,	Ende die hem niet betren willen/
Selonc la Sainte Escripture,	Naer der Helegher Scrifturen/
Sont en aventure de périr	Sijn in aventuren te bedervene
Et d'estre dampné à tousjours.	Ende ghedampneert te sine t'allen
Très boine gent,	Harde goede lieden/ (daghen.
Je doi un voyage	Ic bem sculdich eenen wech
Lequel je vois paiier,	De wellic ic ga betalen/
Car j'ai pris escherpe	Want ic hebbe ghenomen scarpe
Et bourdon aussi;	Ende palster oec;
Si m'en vois outre mer	Ende ga over zee/
Au Saint Sepulchre,	Ten Helen Grave/
A Sainte Catheline	Te Sinte Kathelinen
Du mont de Synay;	Ten berghe van Synai;
Puis retournerai	Danne sal ic keeren
A Romme, où l' apostele	Te Rome/ daer d'apostle
Saint Pierre fu crucefiiet;	St. Pieter was ghecruust;
Après m'en irai	Daer naer sallic gaen
A Saint Jaque en Galisce,	Te St. Jacops in Galissien/
A Nostre Dame de Rouchemadour,	T'Onser Vrouwen te Rochemadour/
A le Sainte Larme de Vendome,	Ten Heleghen Tranen van Vendome,
A Sainte Mor des Fossés,	Te St. Maers des Fosses/
A Saint Fiacre en Brie,	Te St. Fiacre in Brie/
A Saint Denis à Franche,	Te St. Denijs in Vrankerike/
A Saint Eloy à Noyon,	Te St. Eloys te Noyon/
A Saint Quentyn en Vermendois,	Te St. Quintins in Vermendois/
Au chief St. Jehan d' Amiens,	Te St. Jans hoeft t'Amiens/
A Saint Josce sur le mer,	Te St. Joes up de zee/
A Nostre Dame de Bouloingne,	T'Onser Vrouwen te Buenen/
A Nostre Dame d' Ays.	T'Onser Vrouwen t'Aien.
Si preng à vous congiet	So dat ic neme an u orlof
Et vous commanch à Dieu,	Ende bevele u te Gode/
Car je ne cuide mie	Want ic ne wane niet
Si tost retourner.	Tu varinghe keeren.
Dites-moi, se il vous plaist,	Segt mi/ up dat u ghelievet/
Par quelle porte je isterrai?	Ter welker porte ic sal ute gaen?
Je ne sai mie très bien	Ic ne weet niet herde wel
Se je doi issir par le porte	Of ic ben sculdich ute te gane ter porten

De Sainte Katheline,	Sinte Kathelinen/
Ou par le porte de Gand,	Of ter Ghend poorten/
A le porte de le Bouverie,	Ter Bouverien poorten/
A le porte des Fevres,	Ter Smede poorten/
A le porte des Asnes,	Ter Esel poorten/
A le porte Saint Lienard,	Te St. Ledenaerds poorte/
Ou à le porte Sainte Crois.	Of te St. Cruus porte.
— Beaus dous amis,	— Scone lieve vriend/
Vous isterres	Ghi sult ute gaen
Par le porte de le Spée,	Ter Speye poorten/
Et ires droit sans arrester	Ende sult gaen recht sonder letten
Au port de l' Escluse.	Ter havene van der Sluus.
Là trouveres-vous	Daer suldi vinden
Une neif preste et fretié	Een scip ghereet ende ghevrecht
Pour singler à Durdrecht;	Omme te zeilne te Dordrecht;
Et de là prenderes	Ende van daer suldi nemen
Vous vo chemin	Uwen wech
Parmi une sentelette	Doze een padekiin
Que vous trouveres	Die ghi sult vinden
À le destre main.	Ter rechter hand.
Et quant vous venes à un pont,	Ende als ghi comt teere brugghen/
Si le passeis outre,	To litter over/
Et là trouveres-vous	Ende daer suldi vinden
Une voiette qui vous menra	Een wegheskiin die u sal leeden
En une contrée,	In een ieghenode/
Là ou vous verres	Daer ghi sult sien
Deus haus clochiers;	Twee hoghe clochuse;
Et de là n'aures-vous	Ende van daer ne suldi hebben
Que quatre lieuwes	Maer viere mielen
Jusques as .iii. Rois	To ten drie Coninghen
De Couloingne,	Van Cuelne/
Et là seres bien (à) aise	Ende daer werdi wel te ghemake
Pour vo argent.	Omme u ghelt.
— Sire, vous m'aves bien adrechiet;	— Heere/ ghi hebt mi wel gheweghet;
Dieus le vous renge,	God moet u lonen/
Et pour che vous metterai	Ende daeromme sal ic u setten
En tous mes orisons.	In alle mine bedinghe.

Oes, signeurs, je vous en prie;	Hoord/ ghi heeren/ ic bids u;
N'oes vous mie	Ne hoordi niet
Comment il tonne?	Hoe het dondret?
Che font le plus grans	Het siin de meeste

Cops de tonnoire
Que je oysse en me vie.
Mes veeis comment il esclistre,
Oes comment il vente.
Je croi qu' il plouvera
Mout temprement.
Li gresieuls est si grande,
Que on ne puet
Aler par les rues.
Je amasse mieus asses
Qu'il gelast .i. piet de glache,
Ou qu'il negast.
Tels orrestes et telles tempestes
Sont mout espoentables.
Diex nous voeille tous garder!
Chiers enfans, qui vorroit,
Chis livres ne fineroit jamais,
Car je ne sauroie tant escrire,
Que on n'en trouveroit
Toudis plus à escripre,
Qui paine y vorroit mettre.
Car li encres n'est mie kiers
Et li pappiers est
Mout deboinares;
Si souffleroit quanques
On vorroit sur lui escrire.
Chest livre fera nommeis
Le livre des mestiers,
Lequel est mout proufitable
A tous enfans aprendre, si vous com-
Et enjoing, comme maistre, (mans
Et que vous mettes toute vo cure
En le aprendre et retenir,
Car mout grant
Pourfit vous en porra venir.
Car par aprendre
Et bien retenir
Puet on à grant
Honneur venir,
Et chil qui n'i vuet
Apprendre, ne mettre
Cure d' aprendre,

Dondre slaghen
Die ic hoerde binnen minen levene.
Maer ziet hoe het licht /
Hoert hoe het wayt.
Ic wane dat sal reynen
Herde costelike.
De haghele es so groot /
Dat men niet ne mach
Gaen achter straten.
Ic hadde liever vele
Dat vrose eenen voet iis /
Of dat sneeude.
Sulke oreeste ende sulke tempeeste
Sijn harde vervaerlic.
God moet ons allen achterwaren!
Lieve kindren / die wilde /
Desen boue ne endde nemmermeer /
Want in soude weten so vele te scrive-
Dat men ne soude vinden   (ne/
Altoos meer te scrivene /
Diere pine toe wilde doen.
Want tinct nes niet diere
Ende pappier es
Herde goede goedertiere;
Het soude ghedoghen al dat men
Soude willen up hem scriven.
Desen boue werd gheheeten
De boue van den ambachten /
De welke es harde profitelec
Allen kindren te leerne / so dat ic u be-
Ende lade / als meestre /   (vele
Ende dat ghi legt al uwen neerenst
In te leerne ende te onthoudene /
Want herde groot
Profiit macher u of comen.
Want met leerne
Ende wel onthouden
Mach men ter groter
Eeren comen /
Ende dieghone die niet ne wille
Leeren / no setten
Neerenst te leerne /

Ne devroit point	Ne ware niet sculdich
Estre conté entre	Te sine gherekent onder
Les gens, mais	Die lieden / maer
Entre les biestes.	Onder de beesten.
Car li non sachans	Want die onwetende
N'est contés contre	Nes gherekent onder
Les crestiens	Die menschen
Que une ymage	Maer een beelde
De pierre ou de bos.	Van steene of van houte.
Et ja soit che	Ende al eist tsake
Que on ne puet mie	Dat men niet ne mach
Toute cose savoir.	Alle dinghen weten /
Non pourquant sont	Nochtanne sijn
Totes coses seues:	Alle dinghen gheweten:
Chou que li uns ne seeit.	Tghone dat deene niet ne weit
Seeit uns autres,	Weet een andre /
Et chieus ha	Ende die ghone heeft
Asses aprins	Ghenouch gheleert
Qui se garde de pechiet.	Die hem wacht van sonden /
Dont Dieux (nous)	Maer of ons God
Voeille warder	Moete wachten
Et tous nos amis! Amen.	Ende alle onse vrienden! Amen.

Imprimé par

JEAN ENSCHEDÉ ET FILS A HARLEM.

Pour

M. EDWIN TROSS A PARIS

M. DCCC. LXXIV.